金魚の縁《えにし》

新・大江戸定年組

風野真知雄

角川文庫
22835

目次

主な登場人物

◆初秋亭

藤村《ふじむら》慎三郎《しんざぶろう》　北町奉行所の元同心

夏木《なつき》権之助《ごんのすけ》忠継《ただつぐ》　三千五百石の旗本の隠居

七福《しちふく》仁左衛門《じんざえもん》　老舗の小間物屋〈七福堂〉の隠居

◆早春工房

加代《かよ》　藤村の妻。仲間たちと小間物をつくり商っている。

志乃《しの》　夏木の妻

おさと　仁左衛門の妻

安治《やすじ》　飲み屋〈海の牙〉の主人

富沢《とみざわ》虎山《こざん》　暇に飽かして初秋亭に入り浸る老人。通称〈つまらん爺さん〉

夏木《なつき》洋蔵《ようぞう》　夏木忠継の三男。書画骨董を学ぶため京都に遊学していた。

入江《いりえ》かな女《じょ》　初秋亭の三人が師事する俳句の師匠

黒旗《くろはた》英蔵《えいぞう》　夏木たちとも旧知の旗本。町奉行就任をもくろむ。

第一話　河童の竿

一

藤村慎三郎《ふじむらしんざぶろう》は、今日もいちばんあとに〈初秋亭《しょしゅうてい》〉にやって来た。

食欲がないかと不安だったが、朝はふつうに食べられた。あとのむかつきも、胃の痛みもなかった。昨夜の吐血はなんだったのか。

——おいらは死病にとりつかれてしまったのか。

さすがにそんな不安が胸をよぎった。

五十七という年齢を思えば、ここらで命が尽きても、何も不思議はない。死病と言われたら、ああそうかと、覚悟も生まれるだろう。

だが、命をながらえる手立てがあるなら、ぜひとも試したい。隠居して一年半。藤村は初秋亭での巷の相談ごとに知恵を絞ったり、動き回ったりした日々に、これまでの人生では味わえなかった充実感を味わっていた。

——夏木《なつき》さんに相談しようか。

道々、そう思いながら来た。

夏木権之助《ごんのすけ》は大病を経験している。親身になってくれるだろうし、医者や薬のこともいろいろ知っているはずである。

なかに入るとすぐ、夏木の声が聞こえた。

「いや、まだ、何も言えぬのさ」

「言えないってことは、よほどいいことなんだな」

「だから、まだ、わからんのだ」

「ううん、気になるなあ」

七福仁左衛門《しちふくじんざえもん》は首を横に振りながら笑った。

「何かあったのか？」

藤村はそう訊《き》いて、開け放たれた縁側に座った。西向きになっているので直接の日差しはないが、庭はすでに暑熱を発散し、白々と乾き始めている。早く水を撒《ま》きたいが、どうせたちまち乾いてしまうのも目に見えている。

「どうも夏木家で何かいいことがあったらしいんだよ。さっき志乃《しの》さまが、少女みたいに軽い足取りで早春《そうしゅん》工房に入っていって、あっしがここに来たら、夏木さまが鼻唄《はなうた》なんか唄ってたんだ。夏木さまの鼻唄なんか、初めて聞いたよ。よっぽどいいことがあったんだと思って問い詰めたんだけどね」

そう言った仁左衛門の言葉を受けて、

「だから、それがまだわからんのさ。はっきり決まったら教えるよ」

と、夏木は言った。

「じゃあ、待つしかねえな、仁左」

「そうだね」

「おいらは庭に水を撒く。一瞬の涼を求めてだがな」

藤村はそう言って、大川《おおかわ》から庭に撒く水を汲《く》むため、手桶《ておけ》を持って土手を上った。

夏木に吐血のことを相談する気は失《う》せていた。家でいいことがあった人に、病の相談なんかしたって申し訳ない気持ちになってしまう。

それに、いま思い出したが、三日前、魚を食べていて、大きな骨を飲み込んでしまったことがあった。あの骨が、胃のどこかに刺さっていて、そのために血が出たのではないか。それで、血が出たおかげで骨も抜け、だから今日は吐血もせず、むかつきもないのだろう。そうだ、それに違いない。

藤村は心配などして、損をした気になっていた。

しばらくして、

「ごめんください」

と顔を出したのは、〈海《うみ》の牙《きば》〉のあるじの安治《やすじ》だった。漁師を辞めてずいぶん経っているのに、どこか潮の香りを感じさせる。

「おう、安治、どうした？」

ちょうど入口近くにいた夏木が訊いた。

「これですがね」

と、経木の包みを三つ差し出して、

「昨夜《ゆうべ》、鯖《さば》の残ったやつを酢で締めて、鯖寿司《ずし》をつくったんですよ。京都の人たちがよく食べるというやつです。よかったら、昼飯にでも」

「それはありがたいな」

夏木は喜んで受け取った。

「安治。なんか、おいらたちに頼みでもできたのかい？」

藤村が訊くと、

「かなわねえな、元八丁堀《はっちょうぼり》の旦那《だんな》には」

安治は頭を掻《か》いた。

「どうしたんだ？」

「じつは、あっしの昔の漁師仲間で、この十年ほどは海には出ず、猪牙舟《ちょきぶね》の船頭をしてたのがいるんです。そいつは腰の痛みがひどくなり、息子に舟を譲って、いまはアサリの殻剝《む》きをしてますが、話はその息子のことでして」

「ああ、息子の話は、わしらの得意の分野だ。三人とも、それで悩まされたからな」

夏木がそう言うと、

「まったくだね」

と、仁左衛門は笑った。

「それで、息子が船頭を始めたんですが、下手なくせに、やたらと長い竿を使い出したらしいんです」

「長い？」

「ええ。ふつうの竿より一間半（およそ二・七メートル）ばかり長いらしいんです」

「それは長いな」

猪牙舟はもちろん櫓《ろ》を漕《こ》いで走らせる。ただ、岸に着けるときなどは、竿を操るので、いつも舟に入れてあるが、その長さはたいがい二間（およそ三・六メートル）足らずだろう。それより一間半も長いというのは、かなりのものである。

「それで、親父はもしかして、悪い荷物でも運んでいるんじゃないかと、心配してるんです」

「悪い荷物？」

「抜け荷かなにかで、阿片《あへん》でも」

「それは物騒だな」

夏木が眉《まゆ》をひそめた。

じっさい、このところ異国船が江戸《えど》の近くを航行していて、それと抜け荷を扱う連中の船が接触しているという話も聞いている。かつては西国の海でまれにある話だったが、いまや江戸でも珍しくないのだ。

だが、藤村は首をかしげ、

「なんで長い竿が抜け荷とつながるんだ？」

と、訊いた。

「いえね、息子——鮎吉《あゆきち》というんですが、舟もまだろくに漕げなくて、どうにか稼げるようになるには半年から一年もかかるだろうと踏んでたそうなんです。ところが、二、三日前にたまたま鮎吉の巾着《きんちゃく》を見たら、けっこう入っていて、銀貨まで何枚かあったらしいんです」

「ほう」

「鮎吉が猪牙舟でそんなに稼げるわけがねえ。だったら、悪事の手伝いでもしてるんじゃねえかと。そう思って竿《さお》を見ると、黒く煤《すす》けて、いやに怪しげなんだそうです」

「なるほどな」

と、藤村はうなずき、

「ほかならぬ安治の頼みだもの、断わるわけがない」

夏木が言った。

二

昼飯に安治からもらった鯖寿司を食べ、横になって一休みしたあと、

「とりあえず、鮎吉の舟に乗ってみるか」

と、夏木が言い出し、三人は油堀《あぶらぼり》まで行ってみた。いつも油堀の大川に近いあたりに泊めているという。鮎吉の舟はかなりの襤褸《ぼろ》舟で、竿もやたらと長いからすぐにわかるということだった。

「あれだな」

だいぶ年季の入った猪牙舟が、繫留《けいりゅう》されていて、若い船頭がのん気そうに舳先《へさき》で煙草をふかしている。完全にだらけきって、とても客待ちをしているふうには見えない。近づくと、長く、煤けたような竹竿の先も見えている。

「ほんとだ」

「おい、船頭さんよ」

と、岸辺から仁左衛門が声をかけた。

「暑いんで、涼みがてら大川をぐるっと回ってもらいてえんだ。とりあえず霊岸島《れいがんじま》の新堀を入って、江戸橋の手前を楓川《もみじがわ》に、それで八丁堀から出て来てもらおうかな」

船頭にとっては嬉《うれ》しい申し出であるはずなのに、

「お三人をですか？」

鮎吉は怯《おび》えた顔をした。

「どうした、三人いっしょに乗せたことがないのかい？」

仁左衛門は訊《き》いた。

「ええ。あっしはまだ駆け出しの船頭で、二人まではなんとかあるんですが、三人となると自信がなくて。すみませんが、ほかの舟を当たってもらえますか？」

やる気はまったく感じられない。

「どうする？」

夏木が藤村と仁左衛門を見た。

「じゃあ、おいらはいいよ。夏木さんと仁左で行って来てくれ」

藤村が辞退した。

夏木と仁左衛門が乗り込むと、鮎吉は噂の長い竿で岸を突き、よたよたと舟を出した。それだけの動きでも、相当に下手だというのはわかった。

夏木は岸に立つ藤村を見て、

「なんか、あいつ、元気がないな」

と、言った。

「そうだね。もしかして、藤村さんも予感があったのかも」

「予感？」

「地震の」

「まだ、それを言ってるのか」

と、夏木は苦笑した。江戸に大地震が来る夢は、よほど怖かったらしい。

「あのう」

と、鮎吉は櫓を漕ぎながら、声をかけてきた。

「どうした？」

夏木が応じる。

「お客さんたちは、泳ぎはできますか？」

「魚より、ちょっと下手な程度にはな」

「それなら大丈夫ですね」

鮎吉はホッとしたらしい。

「なんだい。そんなに自信がないのかい？　子どものころから舟は漕いでたんじゃないのかい？」

仁左衛門が訊いた。

「いやあ、舟は子どものころから苦手でしたよ。おやじが身体を悪くして、しょうがなくてやってるんです」

「そうなのかい」

「陸の商いのほうがいいですよ」

「陸の商いは、やったことはあるのかい？」

「ないです」

「だったら、そっちも難しいだろう」

「そうですかね。頭を使えばやれるんじゃないかな」

「頭を？」

「ええ。誰も思いついてないことをやれば、競争相手はいないし、楽して儲《もう》かるはずなんですよねえ」

「甘いなあ」

仁左衛門は、みっちり説教してやりたくなるが、いまはそういうときではない。

大川を横切るが、上り下りの舟もある。うまく、速度を加減しないと、衝突の危険もある。上流から荷船が来ていて、このままだとぶつかりそうである。

「おいおい、漕《こ》ぐのをやめないとぶつかるよ！」

仁左衛門が思わず、声をかけた。

「あ、はい」

鮎吉は、櫓《ろ》をゆるめた。

案の定、ぎりぎりで船が前を横切り、

「馬鹿野郎。何見て、漕いでやがる！」

と、向こうの船頭から怒鳴られた。

霊岸島の新堀に入ったところで、

「わしは、久々に怖い思いを味わった気がする」

「あっしも、舟のよちよち歩きってのは、初めて見ました」

と、二人もホッと一息ついた。

仁左衛門はさりげなく舟のなかを見回した。

客を歓待するようなものは何もない。気の利いた船頭の舟だと、腰かけがあったり、煙草盆が置いてあったりするが、そういうものは何もない。何に使うのかわからない白木の板が艫《とも》のほうに重ねてある。汚らしい皿が一枚、放ってある。それに、溶けたろうそくの蠟《ろう》がへばりついてあるのも、あまりきれいな感じはしない。

「これは家畜運搬用か？」

などと、嫌味のひとつも言いたくなるくらいである。

夏木は横に置いてある長い竿を摑《つか》んで、

「船頭。これは、変わった竿だな？」

と、訊いた。

「上流の掘っ立て小屋で見つけたんですよ。もらっても、文句を言われそうになかったので、いただいて来ちゃいました」

「これは、煤竹《すすだけ》だ」

「あ、そう言われているんですか」

「長年、天井裏などにあって、囲炉裏の煙などでいぶされると、こういう独特の風合いがある竹ができるんだ。これで、尺八などもつくられたりするんだぞ」

「そうなんですね」

と、鮎吉は感心した。価値も知らずに拾ってきたらしい。

「これも、なかなかいい風合いになっている。舟の竿《さお》になど使うのは、勿体《もったい》ないくらいだぞ」

「ふふふ」

「それにしちゃ長いな？」

「そうですね」

「使いにくいだろう？」

「よく言われますよ。でも、逆にあっしは、これがあるおかげで安心なんです」

「安心？」

「大川も深いところは、ふつうの竿が底に届かないくらい深いんです」

「ああ、そうだな」

「これだったら、上げ潮のときは別だけど、まず届きます」

「…………」

夏木は、呆《あき》れた顔で仁左衛門を見た。

仁左衛門は苦笑しながら、首を横に振った。こいつは、どうしようもない素人だという意味である。

大川は上から流れてくる土砂が溜《た》まって、浅瀬になっているところも、確かにある。現に、霊岸島の上流には、かなり大きな中州もあり、かつては町らしきものもできていたらしい。

だが、川というのは、単純なものではない。えぐられて、驚くほど深くなっているところもあるのだ。そうしたところは、三間（およそ五・四メートル）以上ある。夏木は、石川島《いしかわじま》の近くに、六間以上の深みがあるところも知っていた。泳いでいても、引きずり込まれそうで恐怖を覚えたものである。

そのことを教えてやろうと思ったが、変に恐怖心を与えてもまずいので、いまは黙って鮎吉の言うことを聞いた。

「竿が底につくと、あっしみたいに下手な船頭は安心なんですよ」

「なるほどな」

新米船頭の恐怖心で、拾った竿を使っていたらしい。

長い竿のことは、いちおうそれで納得した。だが、巾着《きんちゃく》に銀貨が入っていたという謎がある。

「そなたも、三人いっしょは嫌だなどと贅沢《ぜいたく》を言って、しかもこの舟は決して見た目がいいとは言えぬわな」

と、夏木はつづけた。

「ええ、ひどいですね」

「だったら、商売上がったりだろう？」

「それが場所さえよければ、いい客がつくものなんです。さっきのところの近くに賭場《とば》がありましてね」

「そうなのか」

「もちろん、大っぴらにはやってませんぜ。その前で待ってると、大勝ちした客が出て来て、吉原《よしわら》まで行ってくれとなるんですよ」

「ほう」

「日本堤《にほんづつみ》のところまで乗せると、いい値になりますし、しかもバクチで勝って機嫌がいいから、祝儀もはずんでくれるんです」

「なるほどな」

「ふつうの船頭は、料亭の前とかで客待ちしますが、待っている舟も多いし、紹介料ってことで料亭のほうにもいくらか返さなきゃならねえし」

「そういうこともあるのか」

「やっぱり、儲けるには頭を使わないと」

鮎吉はそう言って、ニヤリと笑った。

銀貨もそういうことでもらったやつを溜め込んでいたのだろう。舟をもどしたら、安治にいまの話をそのまま伝えることにした。

「洋蔵《ようぞう》。ちょっと」

夏木家の奥方である志乃は、縁側で壺《つぼ》らしきものを磨いていた三男の洋蔵を呼んだ。

「なんでしょう？」

「こっちにおいでなさい」

志乃がいたのは、いまの夏木家のあるじである新之助《しんのすけ》の部屋である。以前は父の権之助が使っていた部屋で、十二畳ほど。床の間には、先祖伝来の武田信玄《たけだしんげん》の書が表装されて掛けられ、女中が毎日活《い》ける花も飾ってある。ふだん洋蔵はあまり出入りする部屋ではないので、なんとなく硬くなっている。

「そなたに相談があります」

と言った志乃のそばには、その新之助もいる。

「わたしに相談というと、骨董《こっとう》のことで？」

「違います。新之助が町奉行《まちぶぎょう》就任の内示を受けていることは話しましたね」

「はい。わたしは誰にも言ってませんよ」

洋蔵はどこかに話が洩《も》れていて、そのことで咎《とが》められると思ったらしい。

「そうではありません。じつは、ご老中《ろうじゅう》から、町奉行になるためには、巷《ちまた》のことをもう少し知っておいたほうがいいと、忠告をいただきましてね」

志乃がそう言うと、新之助も困ったような顔でうなずいた。

「ははあ」

「お前もわかっているでしょうが、新之助は若いときからひたすら真面目にやってきて、学問については誰からも文句をつけられることはないでしょう。だが、逆に巷の風習だの、町の裏の顔だのとなると、話には聞いても実感の持ちようがありません」

「でしょうね」

「それで、わたしも新之助にもっと町人の世界をのぞかせるべきだと思ったわけです」

「なるほど」

「その点、お前は三男坊の気安さもあって、若いうちから巷をほっつき歩いたりしてきました。ですので、案内役にはぴったりかなと思ったのです」

「ああ、お話の趣旨はわかりました。ですが、わたしはほっつき歩いたと言っても、それほど遊び歩いたわけではありませんよ。そういうことなら、父上にお願いしたほうがいいと思います」

洋蔵は真剣な顔で言った。

ところが志乃は、軽く眉《まゆ》をひそめ、

「あそこまで行くと、のぞき過ぎ、町人と交際し過ぎでしょう。新之助にとっては、刺激が強過ぎると思いませんか？　あまりくだけるのも、失敗の元ですよ」

と、新之助をちらりと見て言った。

「確かに父上のところまで行ってしまうと、町奉行にはふさわしくないですね」

新之助も、それに同調した。

だが洋蔵は、

「そうかなあ。あれくらいじゃなきゃ、ほんとに町人の気持ちはわからないんじゃないのかなあ」

と、首をかしげる。

志乃は少し考えて、

「では、お父上の案内は、次の段階としましょう。まずは、洋蔵、そなたが案内してやってくれませんか？」

と、言った。

「わかりました」

「心当たりはありますか？」

「まずは海の牙あたりに顔を出すのはいいかもしれませんね」

「海の牙？」

「初秋亭の人たちがしょっちゅう飲んでいるところです。魚がおいしいらしいですよ」

「ああ、あの永代橋《えいたいばし》のたもとの飲み屋ですね」

「そうです。わたしも二度ほど行きましたが、客は深川《ふかがわ》から通っている日本橋《にほんばし》あたりのお店者《たなもの》がほとんどです」

「洋蔵。あれかしら。その、なんて言うか、お酌をする……」

志保は言いにくそうに訊《き》いた。

「ああ、女はいませんよ。亭主が一人で切り盛りしているところです」

「そうですか。菊乃《きくの》に心配をかけてもいけませんしね」

菊乃というのは、新之助の嫁で、二年前に夏木家に輿入《こしい》れしてきた。ただ、いまだに子どもができず、志乃はかなりヤキモキしている。

「今日はどうだ、洋蔵？」

と、新之助が訊いた。

「大丈夫です。では、暮れ六つ（この時季だと午後七時ごろ）近くに」

と、洋蔵はただ酒を飲めると踏んで、喜んで引き受けた。

三

「ひと雨来てくれないかねえ」

仁左衛門が、初秋亭の縁側から空を見上げて言った。

「来ねえな。雲がねえもの。青い空から雨が降って来るのを、おいらはいまだかって見たことがねえ」

絶え間なく団扇《うちわ》を使いながら、藤村は言った。

「来そうもないものを待ってもしょうがない。それより、明日《あした》はもう句会だぞ。半月はあっという間だな」

句帖《ちょう》を広げたまま、夏木は言った。

「まったくだ。明日もまた、おかしな題が出るんだろうな。予測できねえから、準備もできねえ。こういうのって、発句の勉強には、よくねえよなあ」

と、藤村は愚痴った。

藤村は自分でも驚いたのだが、意外に几帳面《きちょうめん》なところがあり、前もって準備しておかないと不安になるところがある。同心《どうしん》の仕事は臨機応変でやってきたつもりでいたので、隠居して初めてわかった自分の隠れた気質だった。

「うむ。師匠、どうしたのかのう。やはり、男日照りがつづいている影響かな」

「男日照りかどうかはわからねえだろう」

「いや、わしはないと見たな」

「夏木さんがそう言うなら間違いねえか」

「藤村はけっこうその気があったのだろうが」

「何をおっしゃいますか」

とぼけたが、夏木は勘づいていたらしい。

「なんとかしてやれぬのか」

「いやあ、おいらには無理だね。あの師匠と深みに嵌《は》まったら、いろんなものがずたずたになる気がする。おいらに、そんな気力は残っちゃいねえなあ」

「確かに、ああいう女は、こっちも無事では済まぬだろうな」

「ふっふっふ」

「はっはっは」

夏木と藤村が笑い合っていると、

「よしなよ。師匠の男関係なんか、どうだっていいじゃないか」

仁左衛門がたしなめるように言ったが、

「そうはいかぬさ、仁左。ああいう美人が独りでいることを気にするなというのは、男として無理だろうが」

「そうだよ」

と、二人はやめようとしない。

「あの師匠には、どういう男が合うのかな、藤村？」

「やっぱり、役者と付き合ったのが長いからなあ。白塗りで、ときどき見得なんか切ったりする男かね」

「はっはっは。そんな男、芝居小屋以外におらぬだろうが」

「じゃなきゃ、金に不自由しない大店《おおだな》の若旦那《わかだんな》あたりだろう。二つ三つ歳下の」

「なるほど」

「あるいは、夏木さんみたいな大身の旗本か。それだと正妻は無理だろうけどな」

「そりゃそうだ」

「どうだい、夏木さん。考えてみたら？」

「いや、わしはああいう理が勝ったような女は駄目だな」

「そうだな。夏木さんは、可愛げのあるのが、昔から好きだったんだ」

そこへ仁左衛門が、

「やっぱり、あっしみたいな男じゃないかい」

と、口をはさんだ。

「…………」

「…………」

「なんだい、二人とも黙っちまって？」

仁左衛門は不服そうに言った。

「それはないな」

「ないない」

二人は、考えようとすらしない。

「それより、暑気払いで海の牙でも行くか」

夏木は立ち上がりかけて言った。

「そうしよう」

陽は西に沈もうとして、あたりは熱気を感じさせる茜色《あかねいろ》に染まりつつある。

「なんだ、ずいぶん混んでいるではないか」

海の牙ののれんを分けて、夏木は言った。

店はこの数年の繁盛で、何度か拡張されたため、奥と右手が不自然に長くなっている。その見える範囲に置かれた縁台はすべていっぱいで、樽《たる》の腰かけに座っている客も何人かいた。

すると、調理場から安治が出て来て、

「奥に一つ、空いてる縁台がありますよ」

と、声をかけた。

「奥は、暑いのではないか？」

「こう暑いと、どこもいっしょですよ」

「それもそうだな」

夏木たちは奥に進んだ。

奥は、裏の家の物置小屋を買い取って、それと無理やりくっつけた部分である。

窓は両側にあって、いちおう風は通っているが、周囲が家に囲まれているので、わずかに残る外の明かりは入らない。

「わしは、冷やでよい」

夏木が安治に言った。江戸っ子は夏でも燗《かん》をつけて飲む者が多いが、夏木は冷や酒をちびちびとゆっくり飲むようにしている。

「あっしも冷やで」

と、仁左衛門も倣ったが、藤村は、

「おいらは燗をつけてくれ」

「なんだ、藤村。冷やではないのか？」

夏木が意外そうに訊いた。

「うん。ここんとこ胃の調子がいまいちなんで、あったためてやろうと思ってさあ」

「胃の調子が？」

夏木の視線が心配の色を帯びると、

「いや、たいしたことはねえんだ。大丈夫だよ」

それ以上、心配なんかするなというようにそっぽを向いた。

「肴《さかな》は何にします？」

安治がなんでも来いというように自信に満ちた口調で訊《き》いた。

「こう暑いと、やっぱり酢で締めたやつかな」

「コハダ、鯖《さば》、タコ、そんなとこですかね」

「それ全部だな。それと、胃にやさしいのは？」

「胃に？　ヒラメを蒸して、餡《あん》でもかけますか？」

「いいな。それで頼む」

藤村を気遣って頼んだのだ。夏木はこういうところがやさしいのだ。

――ん？

その夏木の顔が変わった。

「どうしたの、夏木さま？」

「いや、なんか妙な雰囲気が」

そう言って、後ろを向いた。

二人の客が顔を不自然に伏せている。

「…………」

夏木は唖然《あぜん》として何も言わない。

「どうしたの、夏木さま？　あれ？　そこにいるのは、洋蔵さん？」

仁左衛門が立ち上がり、顔を確かめた。

「やっぱり洋蔵さんだ」

「なんだよ、洋蔵さん。知らぬふりは冷てえじゃねえか」

と、藤村は言った。

「いやあ、今日あたりは来ないと思ったんだがなあ」

と、洋蔵はしまったというように顔をしかめた。

「そっちにいるのは新之助だ」

夏木は、藤村と仁左衛門に紹介するように言った。

「これは、これは」

藤村が頭を下げ、

「以前、お屋敷でちらりと挨拶《あいさつ》させていただきました」

と、仁左衛門が言った。

夏木が中風で倒れ、何度も見舞いに行っていたときである。

「どうも、お邪魔して申し訳ありません」

新之助も丁重に頭を下げた。

「なんで、また？」

と、夏木が怪訝《けげん》そうに訊いた。

「わたしだって、巷《ちまた》の飲み屋くらい来ますよ」

新之助は胸を張って言った。すでに顔が赤くなっている。

「ははあ」

夏木はなんとなくわかった。だが、そのことは口にしない。

「新之助さま、お一つ」

と、仁左衛門が立って行って、新之助の盃《さかずき》に酒を注いだ。

「これは畏《おそ》れ入る」

「新之助さまとは、ちゃんと話をしたことはなかったですからね。洋蔵さんとは、何度かごいっしょしましたが」

そこへ、肴を持って来た安治にも、新之助と洋蔵が紹介されると、

「深川でも、よく飲むんですかい？」

「いや、じつはこういうところは初めてなのだ」

「ふだんは？」

「やはり、日本橋の料亭あたりで」

「そうですよね」

安治は大きくうなずいた。

「ご検分だぞ、安治。でなければ、こんなところに来られるわけがねえ」

藤村がそう言うと、

「こんなところには、ひどいでしょう」

「そうだな、すまん、すまん」

藤村と仁左衛門は平気だが、夏木はなんとなく居心地がよくないような顔をしている。

それを息子二人も察したらしく、

「では、わたしたちはここらで」

と、洋蔵は兄を促して立ち上がった。

「いいじゃないの、洋蔵さん」

仁左衛門が引き留めようとするが、

「いいんだ、いいんだ」

と、夏木は息子二人を送り出すように、入口のほうへ向かった。

藤村は、その夏木の姿を眺めながら、

「今日、新之助さんが来ていたことと、何かいいことがあったというのは、関係あるんだろうな」

と、言った。

「そうなの？」

「たぶんな。なんだろうな……？」

藤村がもっと考えようとしたところへ、夏木がもどって来てしまった。

だいぶ酒が進んだ。

客も次第に少なくなってきている。いまは、初秋亭一行のほかには、入口の近くの縁台に、二組ほどいるだけである。

安治も暇になったらしく、何か話したそうにこっちに来たので、

「そうだ。まだ鮎吉のことを言ってなかったな」

と、夏木は昼間のなりゆきを語った。

「竿《さお》は先を水底につけて安心するためで、儲《もう》けは賭場《とば》の客のおかげだってんですか」

「ああ。いちおう、納得できるだろう」

「いや、やっぱり変ですよ、その話は」

と、安治は断言した。

「なぜだ？」

「そっちの油堀のところに、賭場があったのは本当です。でも、半月ほど前、手入れがあって、あそこの賭場は潰《つぶ》れちまったんです」

「手入れだって？　そういえば……」

と、藤村が言った。

「どうした、藤村？」

「いや、半月ほど前、康四郎《こうしろう》が言っていたのを思い出したのさ。今日、深川の賭場に手入れに行くけれど、父上は出入りなさっていないでしょうねって。あの野郎、おいらのことをまったく信用してねえんだ」

「あっはっは。それは面白いが、賭場の話は嘘だということか」

夏木が顔をしかめると、

「鮎吉もそんな嘘を言うようじゃ、怪しいね」

と、仁左衛門も首をかしげた。

「だから、巾着《きんちゃく》の銭も、吉原までのお駄賃なんかじゃねえってことでしょうよ」

安治は言った。

「そうだな」

「悪いやつじゃないと思うんですよ。懐に余裕ができるとすぐ、おやじを医者に診せて、鍼《はり》を打ってもらったり、薬を買ってくれたりもしたっていうから」

「なるほど」

医者の代金は高額である。亡くなった寿庵《じゅあん》のように、貧乏人も診てくれる医者など滅多にいない。たいがいは、そこらの薬草を煎《せん》じるか、神信心で治そうとするのだ。

鍼を打たせたり、医者に診せたりしたなら、金回りは相当なものである。

「そういえば、今日も客を待っている態度じゃなかったよね」

と、仁左衛門が言った。

「だが、悠然としていたろう」

「煙草なんか吹かしてね」

「何かあてはあるんだろうな」

「あて？」

「特別にいい客でもつかんでいるのかな？」

夏木の推測に、

「あっはっは、あの襤褸《ぼろ》舟で？　あの漕《こ》ぎっぷりで？」

と、仁左衛門は笑った。

「そうだよな」

「でも、やけに自信ありげに、儲けるには頭を使うんだとは言ってたね」

「なんか、やらかしたのだな」

藤村は舟に乗らなかったので、推測のしようもないが、

「安治は、ガキのころから、あいつを知ってるんだろ？　どういうやつだった？」

と、訊《き》いた。

「漁師のガキにしちゃ、身体が弱くてね。早く死んだ母親のほうに似たんでしょうな。読み書きなんかも、おやじが教えもしねえのに、覚えちまったって言ってましたよ」

「悪いことは？」

「してねえと思いますぜ。悪いことをするには、度胸もいるけど、鮎吉はガキのころから肝っ玉が小さくて、泣いてばかりいたんですよ。怖がりで、お祈りばかりしてるって、おやじがこぼしてましたっけ」

このやりとりに、

「悪事もできねえ。だが、金は儲けている。何なんだろうな」

夏木が疲れたように言った。

結局、三人とも飲み過ぎてしまい、翌日は昼近くなって初秋亭に出て来ても、三人とも一階に寝そべって、ぐったりしていた。そのだらけたようすに、顔を出した

つまらん爺《じい》さんこと富沢虎山《とみざわこざん》も、呆《あき》れてすぐに帰ってしまったほどだった。

だが、夕方には句会がある。

幸い、今日の場所は永代橋の下流の土手ということで、ここのすぐ前になる。そこで句をつくり、そば屋の〈瓦屋《かわらや》〉で、選句や講評などをおこなうという予定だった。

陽が傾き出すと、仁左衛門はさっさと大川に入って汗を流し、髷《まげ》なども整えて、

「ほら、お二人も、そろそろだぜ」

と、急《せ》かしたりした。

土手に出ると、今日も空は赤く染まり、いくらか風が出て涼しくなっていた。

師匠の入江《いりえ》かな女《じょ》が、夕焼けに溶け込もうとでもいうように、茜色《あかねいろ》の浴衣《ゆかた》で現われると、待っていた弟子たちは、

「ほう」

と、目を瞠《みは》った。この人のお洒落《しゃれ》は、粋筋《いきすじ》ともまた違う、独特の華やかさがある。

仁左衛門は、自慢するように小さくつぶやいた。

「この女、いま、あっしにほの字なんだからね」と。

かな女は、今日も誰一人の欠席もないことを確かめると、

「では、今日のお題は、お化けでいきたいと思います」

と、言った。

「お化け？　幽霊のことかい？」

夏木が思わず訊き返した。

「今日もまた意表をついてくれるぜ」

と、藤村はつぶやいた。

「はい。幽霊のお化けですが、皆さんが怖いと思うお化けなら、なんでもかまいません。のっぺらぼうでも、ろくろっ首でも」

そう言って、かな女は始めるようにというように、軽く手を叩《たた》いた。

夏木は土手道を歩き出して、

「怖いと思うと言われても、わしはお化けなど、怖くないのだがな。どうする、藤村？」

「おいらもだよ。でも、怖くねえってことでつくりゃあいいんじゃねえのかい」

「なるほどな。それで滑稽味《こっけいみ》が出たりするかもな。仁左は、怖いお化けなんかあるのか？」

「あるよ」

「地震はお化けじゃないぞ」

「わかってるよ、そんなことは。あっしは、昔から河童《かっぱ》が怖かったんだよ。泳いでるとき、すうっとそばに来ていて、いきなり水底にひきずりこまれるんじゃないかって」

「なるほど。確かに、水の中で妙な気配を感じるってことはあったな」

「だろう？　じゃあ、あっしはそのあたりからつくるよ」

三人は、それぞれ少しずつ離れ、夏木と藤村の二人は、いきむようにして、句をひねり出そうとし始めた。

仁左衛門《てちょう》のほうは、いつものようにゆっくり歩きながら、思い浮かんだ句をどんどん手帖に書いていく。

夕暮れや河童の影もにじみ出す
夏の宵ざぶりと浮かぶ河童かな
水音と似ている河童の笑い声
遠い夏河童と遊んだ覚えあり
スッポンを煮れば河童の赤子なり

河童とは川の天狗《てんぐ》と乳母《うば》が言い出来不出来はともかくどんどんできる。きりがない。だが、つくるうちに、仁左衛門は子どものころに悩まされた河童に対する恐怖が蘇《よみがえ》ってきた。それと同時に何か気になるものが胸のうちに浮かんできた。

──何だろう?

目をつむってみた。

舟が浮かんでいる。朽ちたような、小さな幽霊船みたいである。誰も乗っていない。白木の板が動き出して、やがて祠《ほこら》のかたちになった。祠の前には、ろうそくが二本。火が点《とも》され、明かりは揺れている。

ぴちゃぴちゃと、水音がする。水面《みなも》に目を凝らす。白いものが浮いている。それは、皿ではないか。河童の頭に載っているという白い皿……。

それはすべて、鮎吉の舟のなかにあったものではないか。

──河童の見世物?

いや、そうじゃない……。

──あっ。

仁左衛門は、鮎吉が儲《もう》けている秘密がわかった気がした。

「よう、夏木さま、藤村さん」

句作に懸命な二人に声をかけた。

「なんだよ。お前ができた数など聞きたくないぞ」

「そうだよ。邪魔するな。あっちへ行け」

二人とも冷たい口調である。難しい題材らしい。

「そうじゃないんだ。鮎吉が儲けているわけがわかったんだよ」

「鮎吉の儲け？」

夏木がようやく近づいて来た。

藤村は、鮎吉の舟に乗っていないこともあって、この件にはそれほど興味はないらしい。

「そう。鮎吉の舟って、河童が上がってきそうな舟だったよね」

「ああ、かなりの艦褸《ぼろ》舟だったな」

「あれを利用して、一瞬、河童の見世物でもしてるのかと思ったけど、そうじゃない」

「なんだよ？」

夏木は急かした。

「河童の神さまにしたんだよ」

「神さまにしたって、どういうことだ？」

「舟を祠にするのさ」

「できるか、そんなこと？」

「あの舟のなかに、白木の板が何枚か置いてあったのを見なかったかい？」

「そういえば、あったな」

「それと、ろうそくのカスが二か所、固まってあったんだ」

「ほう。よく見ていたな、仁左」

夏木は感心した。

「祠と言っても、そんな立派なものでなくてかまわないよ。あの白木の板を組み立てて、それらしくするくらいはできるさ。あとは、ろうそくでも立てればいい」

「なるほど」

「それと、白い皿が一枚置いてあったんだ。あの皿を長い竿《さお》の先あたりにくっつけて、水面でゆらゆらさせたりしてみな」

「その下に河童が潜んでいるみたいだな」

「だろう？　つまり、にわか仕込みの神さまだ」

「それで賽銭《さいせん》をあげさせるわけか？」

「そうなんだよ」

「それは面白いな」

夏木は大きくうなずいた。

だが、わきで聞いていた藤村が、

「賽銭なんざ、一文だの二文だのだろうよ。あいつはもっと儲けてるぜ」

と、口をはさんだ。

「それはもっとだ。だから、そこらは、あいつがさらに知恵をしぼったんだと思うよ」

仁左衛門も、そこまではまだ想像がつかない。

「よし、仁左。今晩は無理だが、明日《あした》あたり、あいつの舟を追いかけてみるか」

夏木は言った。

「ああ、そうしようよ」

仁左衛門がうなずくと、

「おいらも付き合うぜ」

と、藤村も言った。

「言いにくいが、倅《せがれ》の新之助を同行させてもかまわぬか？」

夏木が照れ臭そうに訊《き》いた。

「新之助さんを？」

「うむ。あいつにもちと、世間というものを教えたいのさ。町人たちの、したたかなところとか、突拍子もないところなどが実感できるかもしれぬのでな」

「そりゃあ、かまわないよ」

三人とも、句作のほうはすっかり上の空で、このあとの講評でも、成績はさんざんなものに終わった。

四

翌日の暮れ六つ近くなって——。
鮎吉は、ようやく舟を出した。もちろん誰も乗せていないし、乗せようという気も感じられない。暇つぶしにカエルの一匹でも釣りにでも出かけようという態度である。

この舟を、夏木たちが乗った一回り大きな舟が、跡を追った。船頭と初秋亭の三人のほかに、夏木家の新之助と洋蔵もいっしょに乗り込んでいる。洋蔵のほうは興味津々、新之助はやや硬い表情だった。

鮎吉の舟はよたよたと油堀を出て、大川を上って行く。あまりにも遅いので、追いかけるほうは、逆に先を行き、近づくのを待って、また先に行くという塩梅《あんばい》だった。

「こういうのんきな尾行は初めてだぜ」

と、藤村は呆《あき》れた。

吾妻橋《あづまばし》が近づいたころ、

「やっぱり、吉原の客狙いか」

と、夏木は言った。

「だろうね。いちばん懐があったかいもの。鮎吉は、バクチに勝ったやつを吉原に送るから祝儀もはずんでくれると言ってたよね。あれは、嘘だけど、ほんとのところも混じってたんだよ」

仁左衛門がそう言うと、

「嘘ってのは、そういうものなんだよ」

と、藤村が言った。

すると新之助が、

「なるほど。嘘というのは、そういうものか」

と、やけに感心した。

鮎吉は、吉原の客が入る山谷堀《さんやぼり》には入らず、堀の出入り口あたりにある砂洲《さす》の葦《あし》の中に舟をつけた。夏木たちは離れたところに舟をとめ、船頭には待っているように言って、歩いて近くに忍び寄った。

「ほらね」

鮎吉は、白木の台を組み合わせて祠《ほこら》をつくり、ろうそくを立てたところだった。

仁左衛門の読みは当たっていた。

「ほんとだな」

「たいしたもんだ」

夏木と藤村は感心しているので、仁左衛門も嬉《うれ》しい。

それから、鮎吉は舟から降り、例の長い竿を使って舟の一部につけると、そっと舟を動かして、目立つところまで移動させた。

「あの竿は、姿を見られずに、舟を動かすのにも役立つわけか」

「また、燻《いぶ》されてあんな色になってるから、闇の中だとまったくわからねえよな」

「皿は使わないのかね」

三人は、見守りつづける。

夜はすっかり暮れて、吉原へ行き来する舟は、絶え間ない。

一艘《そう》の舟が近くにとまった。

「あれだ、あれだ。河童《かっぱ》さまの舟は」

という声がした。

「河童さまの舟？」

何人か乗っているようだが、暗くてよくわからない。

「だいたい、河童というのは、水の神、川の神の化身なんだろう」

「らしいな」

「大川にも当然、神さまがいる」

「そりゃそうだ」

「だが、こんなふうに河童さまを祀《まつ》る舟の神社ってえのは、いままでになかった」

「ほんとだ」

「大川の河童さまも大喜びらしいぜ」

「へえ。じゃあ、拝んでおくと、ご利益もあるかね？」

「あるらしいぜ。なんでも、そこの土手で辻斬《つじ》りに遭ったやつが、ひっくり返ったはずみで、剣先が外れ、辻斬りも土手から転がり落ちて助かったったらしい。そいつは、吉原に入る前、河童さまを拝んで行ったそうだ」

「へえ。じゃあ、おいらも賽銭入れてかなきゃ」

「河童さまを拝むと、花魁《おいらん》にももてるかね」

「もてるらしいぜ」

「よし。銀貨をはずむか」

賽銭が次々に舟の中に投げ込まれる音がした。

こっちの草むらでは、鮎吉が嬉しそうに、

「くっくっく」

と、含み笑いをし、竿《さお》に口をつけている。

「ひょろろろ、ひゅう」

竿の先から音が洩《も》れた。笛のようになっているらしい。

「あ、河童さまの返事じゃねえか」

「おい、あそこ見てみな」

竿の先に白い皿がつけられ、水面《みなも》で小さく上下している。

「河童さまか」

「見るな、見るな。川に引きずり込まれるぞ。拝んだんだ。ご利益はあるはずだぜ」

舟は山谷堀へと入って行った。

それからは、ひっきりなしである。次々に舟がやって来て、河童さまを拝んで行く。さらに遅くなれば、今度は帰りの客が、もてたお礼にと、賽銭《さいせん》をはずむのも容易に想像できた。

「うまいこと、やったものだのう」

見ていた夏木は、呆れるほど感心した。

「ああ、思ったより賢いな、あいつは」

「見破ったあっしも褒めとくれよ」

「うむ。今回は仁左に感服した」

夏木はそう言ってから、

「さて、どうしよう？」

と、藤村に訊《き》いた。

「とりあえず、鮎吉には、おいらたちが見たってことは言っとこうぜ」

と、藤村は言った。

「そのほうがよいかな？」

「これ以上、調子に乗ると、あいつにもよくねえと思うぜ」

「そうだな」

夏木はうなずき、

「おい、鮎吉」

と、声をかけた。

「げっ」

鮎吉は、驚きのあまり、腰を抜かした。

「そう、驚くな。わしは河童さまではない。ほらな」

と、鮎吉のそばに寄った。

「あれ、このあいだの」

「さよう。わしらは海の牙の安治の友だちでな」

「そうだったので」

「そなたが、舟を漕《こ》ぐのが下手なわりに儲《もう》かっているというので、何をしてるか見に来たというわけだ。だいたい、想像していた通りだったがな」

「想像したんですか？　あっしは、こんなことは誰も考えつかないだろうと思ってたんですが」

「生憎《あいにく》だった。だが、よく思いついたな」

「ええ。舟の上で悩んでいたとき思いついたんです。船頭なんかやれっこねえし、でも、おとっつぁんのかわりに、稼がなくちゃならねえし、なにかに拝みたい気分だったんです。すると、そういや舟の神さまってないなと思って」

「それで、贋《にせ》の神さまをでっち上げたのか？」

「贋の神さまじゃありませんよ。ちゃんと、赤羽橋《あかばねばし》の有馬《ありま》さまのお屋敷に行って、水天宮《すいてんぐう》のお札をもらってきたんですから。それは、神主さんにも祝詞《のりと》を上げてもらってるので、いちおう勧請《かんじょう》したってわけで」

「竿はどうしたのだ？」

「あれもほんとに、誰も住んでねえ堀立小屋からいただいてきたんです。前にも言いましたが、川底につくと安心だから使おうと思っていたんですよ。でも、河童の神さまを思いついたら、ああいうふうに使おうとなったのです」

「なるほど」

「これって、罰せられますかね？」

鮎吉は不安げに訊いた。

「どうかな」

夏木は首をかしげた。

藤村を見ると、町方には関係ないという顔をしている。

「ないしょに願いますよ」

鮎吉は手を合わせた。

「わかった。だが、適当にしておけよ。あまり慾《よく》をかくと、ろくなことにはならんぞ」

夏木はそう言って、引き上げることにした。

とめてあった舟に乗り込み、もどり始めたとき、

「父上。やはりあれはまずいでしょう」

と、新之助が言った。先ほどから、なにやら考え込んでいたのである。

「そうか」

「あれは、神仏を騙《かた》っているわけですよね」

「だが、ちゃんと勧請してきたのだぞ」

「それにしても、舟の神社なんて」

「そこが庶民の知恵ではないか」

「うむ」

新之助はしきりに首をかしげている。

「まあ、焦らずに、よく考えてみることだな」

夏木はそう言って、新之助をやさしげな眼でちらりと見た。


ところが、三日ほどして——。

「夏木さま。どうも、鮎吉の舟が焼けたみたいなんです」

と、安治が知らせてきた。

朝、初秋亭に三人がそろったときである。

「焼けた？」

「ええ。浮かんではいるんですが、舟のなかで焚火《たきび》でもしたみたいになっていて、あれじゃあ、もう客だって乗せられねえ。どうしたんでしょうね」

「安治は訊かなかったのか？」

「なんか可哀そうでね」

安治にも、舟の神さまのことは教えていない。ないしょにすると約束したのだ。

当然、そっちがらみで何かあったのだろう。

「よし。見に行ってみよう」

と、三人は油堀に向かった。

舟はこの前と同じところに繫留《けいりゅう》されている。遠目からも、舟の中程が黒く焦げているのはわかった。

「あ、ほんとだ」

「あれはひでえな」

「鮎吉もいるね」

舳先《へさき》に鮎吉が腰かけている。それほど、しょんぼりしているふうでもない。

「おい、鮎吉」

夏木を先頭に、河岸の石段を下りた。

「あ、どうも、この前は」

「どうした、これは？　恨まれて、火つけにでも遭ったのか？」

「違うんですよ。河童《かっぱ》さまは流行《はや》り過ぎたんです」

「どういうことだ？」

「こういう神さまを皆、望んでいたんでしょう。水神を祀《まつ》る神社はあるが、祠《ほこら》が舟になっているのはないですからね。あっしが睨《にら》んだ通りで、珍しいものは人気になるんです。それで、河童さまを拝む舟が次から次に集まって来てました」

　鮎吉は自慢げに言った。

「それはわしらも想像がついたよ。途中で引き上げてしまったがな」

「吉原に舟で繰り出すような連中だから、皆、金も持っていますよね。賽銭《さいせん》が小判だったりすることも、一晩に一度くらい、ありましたよ」

「ほう」

「ところが、昨夜、混雑のあまり、舟同士でぶつかり、そのはずみで河童さまの舟が揺れ、ろうそくが倒れ、火事になってしまったんです。いくら水の上とはいえ、浮かんでいるところは連日の暑さで乾ききってますからね。しかも古くてぼろぼろだから、まあ、よく燃えること」

「そういうなりゆきか」

「あっしも、仕掛けがばれたらまずいので、出て行って消火するわけにはいきませんよ。結局、このありさまってわけで」

　鮎吉は、両手を広げ、踊るみたいにひらひらさせた。

「だが、また、やるのだろう？」

と、夏木が訊《き》いた。

「やりません」

鮎吉は、きっぱり首を横に振った。

「なぜ？」

「火事のあとで、変な噂が立ちましてね」

「噂？」

「水神を拝むと、火の神がやきもちをやいて、火事を起こしてしまうんだと。火事なんか出されたりした日には、なにもかもお終《しま》いだ。河童さまを拝むのはやめたほうがいいと、そんな話になっちまったんですよ」

「ははあ」

「もう、あの商売はやれません」

「商売か」

夏木が顔をしかめると、

「というか、商売にしてしまったので、バチが当たったのかもしれませんね」

と、鮎吉は言った。殊勝な表情になっている。はしっこいところはあるが、素直な気持ちも残しているのだ。

「河童さまをやめてどうするのだ？」

「なあに、ほかの商売を始める資金も溜《た》まったので、今度はそっちで頑張ります。煎餅《せんべい》でも焼きますかね。河童煎餅ってのはどうです？」

「いいではないか。子どもなどに人気が出るかもな。それにな、そなたはやはり、きわどいところだったかもしれぬぞ」

「え？」

「あのまま儲《もう》けていたら、間違いなく寺社方のほうで動き、そなたはお縄になっていたと思うぞ」

夏木がそう言うと、

「おい。鮎吉、町方で捕まるより、寺社方ってのは、罪が厳しいんだぜ。よくて遠島、まあ、これだ」

藤村が首のところで右手を動かした。

「うへえ」

鮎吉は肩をすぼめ、ぶるぶるっと震えたのだった。

帰り道――。

藤村は前を行く夏木からちょっと離れるようにして、仁左衛門を引き寄せ、

「おい、わかったぜ」

と、小声で言った。

「なにが？」

「夏木さんとこのいい話だよ」

藤村は仁左衛門の腹を突っつくようにした。

「そうなの」

「新之助さんに、町奉行の打診があったんだ」

「えっ」

仁左衛門は大きく目を瞠《みは》った。

「たぶんな。おいらの勘に間違いねえ」

「町奉行になんか、なれるのかい？」

町人からしたら、雲の上の人である。

「なれるさ。夏木さんとこは、家禄《かろく》が三千五百石だろう。町奉行には、五百石くらいの家格でも大丈夫なんだ。いざなれば、それに数千石の役職手当がつくからな」

「そうなんだ」

「だが、新之助さんは真面目で、世間のことをよく知らねえ。町奉行をやるには、やっぱりそこらは知っておかなくちゃ駄目だというので、夏木さんがああやって町人の暮らしを見せてやってるのさ」

「ははあ」

「いつになく、説教口調だったぜ」

「確かに」

　と、仁左衛門はうなずき、

「夏木さんの親心かあ」

　しみじみと言った。

「そうなると、おいらたちもなんとかしてやりてえよな」

「そうだよ。あっしだって、初秋亭の仲間の倅《せがれ》が町奉行だったら、いろいろ頼りになるってもんだし」

　その夏木は、後ろで噂されているのも知らず、夏の雲のように悠然と歩いている。

第二話　餡子の秘

一

夏木権之助が初秋亭の二階の窓からなにげなく下の道を見ると、

「すみません。町役人の民助《たみすけ》さんを見てませんよね？」

と、隣の番屋の番太郎《ばんたろう》から訊かれた。

「民助？　判子屋の？」

熊井町《くまいちょう》の番屋には、五人の町役人が交代で詰めている。民助はそのなかでもいちばん若く、よくしゃべる男で、夏木も何度か近所の噂話を聞かされたことがある。

「そうです」

「見てないな。どうかしたのか？」

「いないんですよ。もう、当番の刻限なんですが？」

「店におらぬのか？」

「いないんです。しかも妙なんですよ」

「妙？」

「昼飯を食っている途中でいなくなったみたいなんです。それで、食いかけのそうめんがあったんですが、それにあんこがかかっていたんですよ」

「そうめんにあんこ？」

「食いたいですか？」

番太郎は顔をしかめて訊《き》いた。

「わしは嫌だよ。だが、人の好みはいろいろだからな。そういう変な食い方をするやつだったのか？」

「そんなことはありません。米の飯が大好きで、そうめんだって、滅多に食わなかったはずです。ましてや、あんこなんかかけて食うのは見たことないですよ」

「甘党じゃなかったのか？」

「甘いものなんか食いません。完全にこっちのほうで」

と、盃《さかずき》をあおるしぐさをした。

「そりゃあ、妙だな。ちと待て」

夏木は一階に下り、ぼんやりしていた藤村と仁左衛門に、

「町役人の判子屋がおかしなことになったらしいぞ」

と、声をかけた。

「おかしなこと？」

「この暑さだからね」

と、二人は立ち上がり、夏木といっしょに隣の番屋をのぞいた。

「ほんとにいなくなったのか？　ちょっと、そこらで用を足しているだけだろう」

「いや、民助さんは、遅れたことなんかありません。へらへらしてるから、遅刻もしそうだけど、刻限にはやたらと厳格なんです。もう半刻（一時間）も経ってるのに、顔を見せないのはおかしいです」

「ふうむ」

夏木は首をかしげた。

初秋亭の三人のあいだの常識は、半刻ほどの遅れは、遅刻には入らない。もっともそれは隠居して暇ができてからの話だが。

番太郎は、

「とにかく判子屋を見てくださいよ」

と、三人を通り沿いの店に案内した。

判子屋といっても、通りからはよくわからない。腰高障子には、赤い色で○に民と書かれてあるだけだ。判子屋だとわかってから見ると、赤い色は朱肉の色に近く、○に民も判子のかたちだと気がつくが、言われなければ豆腐屋だと言われても納得する。

間口は狭く、一間半しかない。戸は開けてあって、番太郎は声もかけずになかに入った。

小さな土間を上がると、そこは四畳半の仕事場兼店になっている。

番太郎はそこを無造作に突っ切って、奥の台所兼板の間に入った。二階には六畳の部屋が一つあるが、誰もいないことは確かめたという。

「これです、これ」

指を差したのはお膳《ぜん》である。

どんぶりがあり、そのなかにあんこがかかったそうめんが入っている。箸《はし》が刺さっていて、一口二口ほどは食べたみたいである。

「ほんとだな。そうめんにあんこがかかっている」

と、夏木は言った。

「うまいのかね」

藤村が首をかしげると、

「うまいかもしれないよ。おはぎが麺《めん》になったと思えばいいんだから」

仁左衛門が言った。

「いや、うまいかどうかは別にしても、民助さんがこんな食べ方をするわけはないですよ。甘いものなんか、気持ち悪くて食う気がしないって、いつも言ってたんですから」

夏木はどんぶりに顔を近づけて臭いを嗅《か》ぎ、顔をしかめてから、

「まあ、もう少し待っててみろよ。変なもの食って、気持ち悪くなったから、風にでも当たってるのかもしれぬ」

と、言った。


藤村慎三郎は初秋亭にもどると、またごろりと横になった。昼に三人で食ったそばが、まだ胃にもたれている。夏木と仁左衛門は、すっかりこなれたらしく、

「少し泳ぐか」

「いいね」

と、そのまま着物を脱いだ。

「おいらは、今日はいいや」

と、藤村は寝転んだままで言った。

「具合でも悪いのか」

「そんなことはないよ」

「そうか。じゃあ」

二人は出て行った。

じつは、あのあんこがかかったそうめんを見たら、吐き気がこみ上げた。

昨夜は胃が痛んで、夜中に目を覚ました。やはり、吐血は魚の骨のせいではなかったのだと、不安な気持ちになった。肺の病でも吐血があるが、肺ではない。咳《せき》も出ていない。

親と同じ病で死ぬことが多いとはよく聞く。藤村の父の死因は何だったのか。亡くなる一年くらい前から、急に痩《や》せてきた。亡くなったときは、顔色は枯葉のようで、骨と皮ばかりになっていた。

――おいらも痩せ始めているのだろうか。

わき腹のあたりをつまんでみる。余計な肉がついていて、少し肥《ふと》りこそしても、痩せてはいない。だが、これから痩せ始めるのかもしれない。

朝から読んでいた貝原益軒《かいばらえきけん》という人が書いた『養生訓《ようじょうくん》』を開いた。藤村の本ではない。夏木が家から持って来て、

「藤村や仁左も読むべきだ」

と、置いてあったものである。いままでは開いてみる気もなかったが、今朝、なんとなく手に取ってしまった。

八分冊になっていて、藤村が開いているのはそのうちの七巻目にあたる。

読むうちに、

「なんだよ」

と、つぶやいた。

こんな文があったからである。

「薬というのは、どれも偏ったものである。その病に適応しなかったら、かならず毒になってしまう。ゆえに、すべての病にみだりに薬を飲んではいけない。病の災いより、薬の災いのほうが多いのだ。薬は飲まず、養生を第一に心がければ、薬の害もなく、病も癒《い》えることだろう」

薬は毒だというのだ。

ほとんど藤村の持論に近い。

だが、その持論に迷いも生じている。だいたい、ここまで否定したら、世に氾濫《はんらん》している薬はなんなのだということになる。

それに夏木だって、大病のあと、いくつか薬らしきものを飲んでいるし、自分でもいろいろ研究を怠らない。

なにやら矛盾だらけで、なにを信じていいのかわからなくなる。

——寿庵がいたら何て言っただろう？

酒はつつしめ。日に何度か、大きく息を吸って吐いて、身体全体が柔らかくなるまで、ゆっくりと動かせ——そんなことを忠告して、薬を調合してくれるのではないか。「これを飲めば、まあ五年は命が伸びるだろう」とか言って。

——あいつはほんとにいい医者だったよなあ。

本を閉じ、棚にもどしたとき、

「ああ、さっぱりした」

と、二人がもどって来た。

二

「やっぱり、もどらないんですよ」

と、また番太郎がやって来た。今度は、別の町役人で、米屋の〈信州屋《しんしゅうや》〉もいっしょである。

「まだ一刻（二時間）だろうが。永代橋を渡って日本橋あたりまで行けば、一刻なんてすぐに経ってしまうぞ」

と、夏木が言った。

「いや、民助にそれはありませんよ」

と、信州屋が言った。

「なぜ、わかる？」

「民助は、永代橋なんか渡ったことがないんです」

「なんだ、それは？」

「川の向こうは他国なんだと。おいらはよその国には行きたくないと、つねづね言ってました。ほんとに子どものときからいままで、一度も深川を出たことはなかったみたいです」

「ふうむ」

江戸っ子の女には、一生、町内で過ごすというのも、いるにはいる。別に出なくても何の不都合もないし、知らない人間やできごとと出会って不安に思うこともないし、町内にだってそれなりの楽しみはいろいろある。だが、男では珍しいのではないか。

「朝はいたんだよな？」

藤村が訊《き》いた。

「朝は見かけました」

と、信州屋は言った。

だいたい朝からいなくなっていたら、あのそうめんとあんこは、もっと乾いた感じになっていただろう。あれにはまだ、水けも残っていた。

「近ごろ、悩んでいるふうはなかったか？」

悩み過ぎて、失踪《しっそう》した。そういうときは、気がおかしくなっていて、そうめんにあんこをかけて食っても不思議はない。

「いやあ、言われてみれば、そうかもしれません。ときどきぼんやり考え込むようなところはありました。ただ、今朝は相変わらず、くだらない駄洒落《だじゃれ》を言って、へらへらしてましたよ」

「くだらない駄洒落を言ってても、悩みはあったりするんだよ」

と、仁左衛門が言った。

「もうちっと、あいつの家のなかを見てみるか。暮らしぶりから見えてくるものもあるからな」

藤村が立ち上がったので、夏木と仁左衛門もつづいた。

もう一度、民助の家のなかに入り、藤村は仕事場のほうをぐるっと見渡して、

「あいつ、いくつになったんだ？」

と、玄関口にいる信州屋と番太郎に訊いた。

「三十七ですかね」

と、信州屋が答えた。

「独り者だよな」

「ええ。こんな商売じゃ女房なんか食わせられっこねえと言ってました」

「判子屋だって、女房子があるのはいくらもいるだろうよ」

「民助は仕事が丁寧過ぎるんですよ。あれじゃあ稼ぎも悪くなりますよ」

「女嫌いでもねえんだろう？」

「違います。前に、町役人五人で、蛤町《はまぐりちょう》の岡場所に繰り出したときも、けっこう喜んでましたから」

「そうか。だが、見事なまでに女っけはねえな」

「お膳《ぜん》も茶碗《ちゃわん》やお椀も一人分だけだしね」

台所のほうを見て、仁左衛門が言った。

「待てよ、おかしいぞ」

あんこが載ったそうめんを見ながら、夏木は言った。

「何がだい、夏木さま？」

仁左衛門が訊いた。

「民助はあんことそうめんをどこで仕入れたんだ？」

「あんことそうめんを？」

「嫌いなものを、わざわざ自分でつくったのか？　小豆《あずき》を煮て、砂糖を入れたのか？　それは変だろう。そうめんだって、好きでもないものを、買い置きしたりせんだろう」

「ほんとですね」

「ここらであんこやそうめんを仕入れるとしたら？」

と、夏木は信州屋に訊いた。

「そうめんは、二軒隣の乾物屋ですね。あんこはどこかな。そっちの草餅《くさもち》屋では、毎日、あんこをつくってますがね」

「ちっと訊いて来るよ」

と、仁左衛門は出て行くと、まもなくもどって来て、

「どっちも民助が買いに来たってさ。そうめんは一束だけ。あんこは、餅のほうは要らないから、あんこだけ売ってくれって、買ってったんだと」

「そうなのか」

「草餅屋のあるじは、民助が甘いものなんか食わないのを知ってたから、どうしたんだ？と訊いたそうだ」

「なんと言っていた？」

「おれにも、いろいろ苦労があるんだと」

「苦労がある？」

夏木が首をかしげると、

「やっぱりなんかあったんだよ」

と、藤村は言った。

「拉致《らち》でもされたのか？」

「たぶんね」

「これは待っていても解決はないな」

「町内をしらみつぶしに回るか？」

藤村がそう言うと、

「でも、一軒ずつ家捜しするわけにはいかないよ」

仁左衛門は言った。

「それはそうだ」

「だが、民助なんか拉致して、何になるのかね」

藤村が考え込むと、

「これ、何だろう？」

仁左衛門が、机の前に貼られた紙を指差した。

短い文章が書かれてある。

「格言か？」

夏木が訊いた。

「こんな格言あるかい？」

それには、こう書かれてあった。

「面白い民さん。また、笑わせてね」


昼八つ（この時季だと午後二時ごろ）になって、黒旗英蔵《くろはたえいぞう》は屋敷にもどって来た。

先ほどまで南町奉行と昼食をともにしていた。数寄屋橋《すきやばし》近くの小さな料亭だが、気の利いた料理を出す。現に、南町奉行も、

「奉行所の近くにこんなうまい料亭があったとは」

と、驚いていた。

日盛りの道をもどって来て、まずは庭の井戸端で水を浴びた。少し塩気が混じる井戸水だが、それでもさっぱりする。

それから書斎に入ると、

「殿。いかがでした？」

と、用人の舘岡三十郎《たておかさんじゅうろう》がやって来て訊《き》いた。舘岡はすでに七十を超えているが、身体の切れは壮年のそれである。

「うむ。やはり夏木新之助を推す者は多いらしいな」

「そうですか」

「ただ、決して圧倒的多数というわけではないし、なんとしても夏木にという者もそうはいないそうだ」

「ということは？」

「これからの運動次第では、充分ひっくり返すことはできると」

「では、その運動をいっそう強化いたしましょう」

「うむ。個別にきめ細かくやっていこう。頼むぞ」

「わかりました」

この老人は、そういう陰謀めいた手配をやらせれば、素晴らしくいい仕事をするはずだった。やり過ぎるところはあるが、この場合はそれくらいやって構わないだろう――と、黒旗は思った。

「それと、わしは幕閣に訴えかける具体的な方策というものを詰めることにする」

「それはいいですな」

「ごちゃごちゃ提案しても駄目だ。五か条とか七か条というふうに端的にわかりやすくまとめるべきだろう」

「それは殿さまがもっとも得意であるはず。では、わたしはさっそく、個別の手配に動きますので」

と、舘岡は下がって行った。

黒旗はすぐに机に向かった。

失恋の痛手はようやく癒《い》えつつある。

完全に癒《いや》すためには、一度は諦《あきら》めかけていた町奉行の職に就くことを、なんとしても成功させなければならなかった。

じっさい、この数年、江戸の町を見るにつけ、世直しの必要性をひしひしと感じつづけていた。

江戸の町人たちは、たるみ過ぎていた。慰安と自堕落に溺《おぼ》れ、その薄汚い澱《おり》が、じわじわと蓄積しつつあった。

こうした世の末はやがてどうなるのか。

穢《けが》れ切った頽廃《たいはい》が蔓延《まんえん》し、浮浪の者ばかりがたむろする腐敗の都となっていくだろう。すでに唐土《もろこし》がそうなっていると聞いている。

いまこそ、世直しに着手しなければならない。

まずは、秩序や規律を取り戻し、万全なものとして確立させるのだ。

上の者が下の者を、厳しく指導し、命令し、罰則も与えていかなければならない。

具体的にはどうするか。

黒旗は、思いついたことを書き出していった。

巷《ちまた》で目についた慰安と自堕落の事例は、いくらでも思い出すことができた。

三

初秋亭の三人は、民助の仕事机の前に貼ってある紙を見つめている。

「女からの文だね」

と、仁左衛門が言った。

「ああ」

夏木はうなずいた。

「あいつ、付き合ってる女は、ほんとにいなかったのか？　こそこそ陰で会ってたりするんじゃねえのか？」

藤村がそう言うと、仁左衛門はそっとうつむいた。

「いやあ、女にはもてないって、よく言ってましたよ」

番太郎がそう言うと、

「だいいち、もてる顔じゃないでしょう」

と、信州屋はダンゴ虫のような自分の顔はさておいて言った。

「だが、民助はこれを書いた女のことが好きなんだろうな。女が書いてくれたこの文というか、走り書きみたいなやつを、まるで恋文のようにずっと大事にしてきたに違いない」

夏木は民助の思いを推測した。

「でも、夏木さん。この紙は、ずいぶん古いぜ」

と、藤村は言った。

「そうだな」

黄ばみ、紙魚《しみ》に食われたようなところもある。

「下手すると、十年とか二十年以上前だ。ということは、幼なじみかなんかだな」

「だろうな」

「あんたたちは、民助はもてねえと言ったが、面白い男ってのは意外にもてるんだぜ。ちっと顔がまずくても、面白い男が好きな女は必ずいるんだ」

藤村が信州屋と番太郎を見てそう言うと、

「ああ、いるな。わしは、その面白い男に、惚《ほ》れた女を取られたことがある。見た目でも学問所の成績でも剣術の腕もわしのほうがずっと上だと自信があったんだが、その面白い男に負けてな、あのときはけっこう落ち込んだものだった」

夏木はずいぶん昔の話をした。

「でも、旦那《だんな》方にさからうようですが、民助が面白い男ですかね」

と、信州屋は首をかしげながら言った。

「どういう意味だ？」

「そりゃあ、あいつはへらへらとよくしゃべるし、駄洒落《だじゃれ》もいっぱい言います。でも、その駄洒落はくだらなくて、笑うというより、げんなりすることのほうが多いですよ」

「なるほど」

「面白い男ってえのは、気の利いたことを言ったり、つい耳を傾ける話題を見つけてきたり、意外なものの見方をしたり、そういう魅力みたいなものがあるでしょうよ。いっしょにいると楽しくなるでしょう。あんな駄洒落だけの男は、やっぱり女は惚れませんて」

「ほんとだ。信州屋の言うとおりだ」

夏木がそう言うと、藤村も仁左衛門もうなずいた。

「となると、これはただの片思いの傷跡みたいなものか」

「夏木さん。二階を見てみようよ」

「そうだな。まだ見てなかったな」

夏木と藤村は二階に上がることにした。

だが、仁左衛門はまだ、貼られた紙の前で腕組みをしている。

「仁左はいいのか？」

「うん。あっしはいいや」

何かが胸のうちで引っかかっているらしい。

藤村は二階に上がるとすぐ、

「きたねえ部屋だなあ」

と、うんざりした声を上げた。

「ああ、わしは駄目だ。見ただけで痒《かゆ》くなってきた」

夏木は階段の途中で立ち止まり、首だけ出すようにして部屋を見た。

布団が敷きっぱなしである。

日差しが入るから、わざわざ干さなくても大丈夫なのかもしれないが、かなり汚れているし、脂と汗と垢《あか》が混じった、不潔な臭いが漂っている。

「こりゃあ、女は来ねえな」

「蒲団《ふとん》は一枚だけか？」

「一枚だけ。枕も一つだけ」

「ほかに何がある？」

「蒲団の周りは、春本だらけだな。戯作《げさく》もかなりあるか。ざっと数百冊」

「そんなにあるのか」

「こんなに散らかすかね。屑屋《くずや》だってもうちっときれいに暮らしてるぜ。もう、いいだろう、夏木さん」

藤村も痒くなってきたみたいで、早々に下りることにした。

一階にもどると、信州屋と番太郎は番屋に用事ができたそうで、仁左衛門が板の間に一人で座っている。

「仁左。お前も見て来るといい。見たこともないくらい汚い部屋だぞ」

夏木がそう言うと、

「夏木さん、そりゃないよ。ちゃんと見てないだろうが」

「いや、わしは不潔なのはどうにも苦手なのだ」

「ああ、夏木さんはきれい好きだからな」

仁左衛門は、二人のやりとりに反応がない。

黙って、お膳《ぜん》の上のあんこ載せそうめんを睨《にら》んでいる。

「どうした、仁左？」

「まさか、食ってみるつもりじゃねえだろうな？」

仁左衛門は二人を見て、

「あんことはんこ」

と、言った。

「え？」

「あんことはんこって駄洒落になるよね」

「なるな」

「下手な洒落《しゃれ》だけどな」

「民助は、得意の駄洒落でなにかを伝えようとしたんじゃないのかね。ほんとは、あんこじゃなく、はんこだって言いたかったんじゃないの」

「ほう。面白いな」

「じゃあ、そうめんはなんだ？」

「それなんだよ。そうめんも洒落だとしたら？」

「なんだよ」

「おいらは洒落は苦手だぜ」

「しょうめん、正面」

　と、仁左衛門は言った。

「正面か」

　と、夏木は手を打って、

「判子屋の正面はなんだ？」

「下駄屋だよ、夏木さん」

「下駄屋のあるじは、どんなやつだった？」

「不愛想な男だよ。下駄を買っても、どうもとしか言いやがらねえんだ」

「ちっと見て来ようよ」

　三人は外に出て、下駄屋の前に立った。

　下駄屋のくせに、やけに丸い顔をしたおやじは三人を見て、

「どうかしましたかい？」

　と、訊《き》いた。下駄を買いに来た雰囲気ではないとわかったのだろう。

「前の判子屋がいなくなったみたいなんだ」

と、仁左衛門が言った。

「民助が？」

「ここに来てないよな？」

「来てませんよ」

「見てないかい？」

「昼過ぎに、出て行きましたよ」

「一人で？」

「いや。女がいっしょでした」

「女が？」

「いっしょというか、女が先に出て来て、民助が少しあとから思いつめたような顔で跡を追いかけて行きました」

「どっちに？」

「そっちに」

と、永代橋のほうを指差した。

「このあたりの女か？」

藤村が訊いた。

「いや、近所の女じゃないですね」

「幾つくらいだった？」

「民助と同じくらいじゃないですか」

「やっぱり、あの貼ってある文の女がからんでいるのか」

夏木が言った。

「とすると、そうめんの洒落は正面じゃないんだ。そうめん、そうめん……帳面。帳面ってえのはあるんじゃないの」

仁左衛門の顔が輝いた。

「判子帳面。おう、それっぽいな」

「そういうの、机のあたりになかったな」

「そういえば、ないのはおかしいよ。判子だってやみくもに彫るわけじゃないよね。最初に、こういうふうに彫るんだと、図柄にしておいて、それで彫るんじゃないの」

と、仁左衛門は言った。

「確かに」

「どこかにあるはずだ」

「あいつ、それを隠すために、わざと散らかしたのか」

「そうだ」

判子屋にもどって三人で駆け上がろうとしたが、夏木はやはり途中で止まり、

「まかせる」

と、言った。


そのころ――。

藤村の女房の加代《かよ》は、すぐ近所の早春工房で、薬種を台に並べて思案中だった。

木挽町《こびきちょう》の空き家はすでに手付けを打って、七月七日、七夕の日に開店させることになっている。いまは、その準備で、早春工房の面々は大忙しなのである。

加代は、さっきまで〈七福堂《しちふくどう》〉の看板の手配をし、ようやく終えて、いちばん気がかりの薬に取りかかった。

悩みに悩み、薬種を絞り込んだ。

柚子《ゆず》。陳皮。真菰《まこも》。ハト麦。

この四種を配合しようと思っている。

これらを選び出すまで、加代はまず、女たちはどんな身体の不調に悩んでいるかを、徹底的に調べた。

若い娘から老女まで、およそ二百人に聞き取り調査をした。途中、若い娘と老女では、悩みがまるっきり違うのに気づき、今回は四十代と五十代に絞ろうと思った。世間で言われるところの中婆《ちゅうばあ》さん。いちばん用事が多く、いちばん体調に悩みがあるのも、この世代だった。

イライラ。月のものの不順。朝のだるさ。肩凝り。片頭痛。夜の疲れ。しびれ。そして、肌荒れ。

どの悩みもよくわかった。それは、志乃にも、おちさにも共通していた。若いおさとだけは、そのいくつかが無縁だった。

それから『大和本草《やまとほんぞう》』や『茅窓漫録《ぼうそうまんろく》』『懐中妙薬集《かいちゅうみょうやくしゅう》』などに目を通し、十種ほどの薬草を選び、さらにこの四種にまで絞ったのだった。

効能はもちろんだが、加代がいちばん気を遣ったのは、匂いと色だった。

薬は毎日飲むのが肝心である。

それにはいい匂いがして、きれいで、飲むだけでもホッとするようなものにしたい。

とすると、柚子と陳皮が不可欠だった。

陳皮とはミカンの皮のことである。柚子と陳皮は、よく似ている。匂いも色も似ていて、二つをいっしょにするのは無駄ではないかとも思った。だが、混ぜることで薬としての神秘性が増した。これは大事である。効能があるのは間違いないのだから、それを信じさせなければならない。

どちらも血のめぐりをよくし、肌荒れに効果がある。

——血のめぐりと肌荒れなのよね。

と、加代はつくづく思った。

血のめぐりというのは、人の身体の基本中の基本で、これが良くなれば、ほとんどの不調もよくなるはずである。だが、薬として売り出すには、もっと絞り込んだほうがいい。そこで浮かび上がったのが肌荒れだった。

しっとりした、きれいな肌に憧《あこが》れない女はいない。しかし、夏の日差しだの、冬の空っ風だの、日々の水仕事だので、女の肌はつねに苛《いじ》めを受けている。

肌荒れに効く。

それは女のすべてが、熱烈に望むことである。

それで、真菰とハト麦を残した。どちらも肌荒れによく効くと、いろんな医術書でも太鼓判を押されていた。

あとは、入手の問題だった。

このなかで、容易に入手できそうなのは、真菰だけだった。石川島あたりの水辺に行けば、これはいくらでも採ってくることができる。安上りだし、季節の問題もない。

だが、あと三つは、いまの季節のものではない。

ハト麦は、数珠玉《じゅずだま》などと呼ばれておなじみの草だが、あれは秋にならないと実を結ばない。柚子と陳皮も冬にならないと無理である。

これは開店までには間に合わないかと思ったら、夏木家には柚子の木も蜜柑《みかん》の木もあり、どちらも大量に皮を干して保存してあるというではないか。柚子に至っては、夏木はいまも欠かさず飲んでいるらしい。

「大丈夫。売るほどあるわよ」

と、志乃は言った。

ハト麦は、仕入れ値が高くなるが、売っているハト麦茶を使おうかと思ったが、白粉《おしろい》の原料でも使われているのに気づき、七福堂の伝手《つて》で安く入手できることになった。

これで薬種が揃い、あとはいくつか配合を変えたものを身の周りの女たちに試しに飲んでもらった。

評判は驚くほどだった。

「なんか、肌が艶々《つやつや》してきた」

皆がそう言った。

加代自身も効き目を実感した。

なにより、色と香りがいいから、毎日、飲みたくなる。

値段もそう高くせずに済む。同じ女として、できるだけ家計の負担にならない値段で販売したい。

あとは、薬の名前だった。

「女」と「美」は、ぜったい使うつもりだった。

「極」という字を入れるか、「爽《さわやか》」という字を使うか。

「加代さん、なに迷ってるの？」

志乃が声をかけてきた。

「薬の名前です。女と、美になにか足して、丸で締めたいんです」

「そりゃあ、女と美と来たら……」

「なんです？」

「宝じゃないの？」

と、志乃が笑顔で言った。

「あ」

加代はすぐにそれを紙に書いた。

〈女美宝丸《おんなびほうがん》〉。

「あ、いいですね」

加代はすぐに賛成し、ほかの女たちにも訊《き》くと、

「いいですね」

「売れそう」

「あたしも買いたい」

と、皆こぞって賛成した。

四

藤村と仁左衛門は、枕の周囲に枯葉のように散らかった春本と戯作《げさく》を引っかき回

したが、まもなく仁左衛門が、

「あった」

と、一冊を掲げた。体裁は戯作本とよく似ていて、そのつもりで探さないと、なかなか見つからなかっただろう。

「うん、それだ」

書物ふうに綴《と》じられたその表紙には、

〈判子帳面〉

と、書かれてある。確かに〈あんこそうめん〉は、この駄洒落《だじゃれ》だった。

「おい、下で見よう」

と、夏木が声をかけ、判子帳面を持って一階の仕事机の前に集まった。

帳面をめくると、注文された年月日と、完成した年月日、注文主、値段、そして判子の意匠、材料を、一注文に一枚使って、丁寧に書き込まれていた。紙面の左下にはでき上った印も押されている。これを見れば、民助の仕事がすべてわかる。

「いちばん最初は十五年前だね」

仁左衛門がそこからぱらぱらっとめくって、

「それで、いちばん最後がここ」

それほど分厚くはない。

「あいつ、そんなに仕事しておらんな」

夏木が呆《あき》れたように言うと、

「でも、仕事はきちんとやってたんじゃねえのか。この帳面を見ればわかるぜ」

藤村は民助をかばった。

「肝心なのは、この最後の注文だよ」

「ああ」

「これがなにか問題を秘めてるわけだ」

注文されたのは、十日前になっている。完成された年月日はまだ記されていない。

注文主は、〈富吉町《とみよしちょう》　おまさ〉とある。

「富吉町だけか」

「おまさだけじゃな」

富吉町というのは熊井町と隣り合った町で、同じくらいの広さがあるが、もっとごちゃごちゃしている。長屋の名前でもあれば別だが、おまさというありふれた名前だけだと捜すのは大変そうである。

「それでこれが頼まれた印だよ」

ぶん回しを使ったらしい正確な円が書かれ、なかになにやらごちゃごちゃと書き込みがある。

「なんて書いてある？」

夏木が訊いたが、

「こりゃあ、難しいね」

「ずいぶん凝った文字だよな」

仁左衛門も藤村も読めない。

仁左衛門は帳面を外にかざし、

「だいたい、判子だから逆に彫るんだよ。押したとき、ちゃんと見えるようにするわけだから」

と、透かすように見たが、

「それにしたって、読めないな」

「これは、家紋らしきものと、文字が組み合わさっているのではないかな」

と、夏木が推測した。

「あ、なるほど」

「だが、文字がふつうの字ではないような気がするな」

「こういうのは、洋蔵さんなら、読めるんじゃないのかい？」

藤村が言うと、仁左衛門が、

「ほんとだ。ひとっ走り行って、来てもらうかい？」

「いや、駄目だ。あいつ、今日は骨董《こっとう》の鑑定で音羽《おとわ》のほうまで行くと言っていたのだ」

「拉致《らち》されてるとなると、一刻を争うかもな」

「でも、連れてったのは女だろ？　それに駄洒落を仕込む余裕まであるじゃないか」

と、仁左衛門が言った。

「いや、油断はいけねえ。たいがいそこに、ごっついのが待ち構えているんだよ」

「そうかあ」

三人がどうしたものかと考えていると、前の通りを、つまらん爺《じい》さんこと富沢虎山がいつものつまらなそうな顔で横切った。

「あ、虎山さん」

仁左衛門が声をかけた。

「お、お三方、いま初秋亭を訪ねるところだった。こんなところで何をしているのだな？　まさか、こっちに移ったというわけじゃないだろうな？」

「そんなことはないよ。それより、ちょうどいい。虎山さんなら、読めるかもしれない。この字を読んでもらいたいんだがね」

と、仁左衛門は帳面を見せた。

「どれどれ」

「判子にするやつだから、裏返しみたいになってるよ」

「なるほど。判子の見本か」

虎山も透かすようにするとすぐ、

「ああ、これは〈千寿屋《せんじゅや》〉だ」

「それで千寿屋なの？」

虎山は手のひらに指で文字を書きながら、

「千は阡、寿は壽と書いてあるうえに、判子ふうに飾ったりしてあるからな。それで上のところが山形の下に花が咲いているようになっているのは、看板でも使っている商標というやつだろう」

「なるほどね。さすがに虎山さんだ」

「なあに、どうってことはない」

虎山は謙遜《けんそん》し、

「なにか面白いことでもあったのかな」

と、目を輝かせた。

夏木は虎山の好奇心を無視して、

「千寿屋というとどこだ？」

「ほら、八幡宮《はちまんぐう》の門前にある大きな穀物問屋だよ」

「深川でも一、二の大店《おおだな》だぜ」

「だが、富吉町のおまさという女が、千寿屋の印を彫らせるというのはおかしい話だな」

「偽造だね」

「それを民助はやりたくないのにやらされてるんだ」

「うむ。大筋はだいたい見えてきたな」

と、夏木は言った。

さらにそこへ、いったん用事で番屋にもどっていた番太郎と町役人の信州屋が、

「どうなりました？」

と、やって来たので、判子屋の狭い店のなかが、混雑してきた。

「やっぱり民助は拉致されたみたいだな」

と、夏木がわかったことを伝えた。虎山は、熊井町の住人ではないが、この際、聞かれても仕方がない。

「あれ？　富吉町のおまさ？」

信州屋が、古い日誌を読むような顔をした。

「なんだ、知っているのか？」

「もしかして、その女はすでに富吉町にはいないかもしれませんよ。それはたぶん、民助がそっちの裏店《うらだな》にいたころの幼なじみですよ。熊井町の裏と富吉町の裏は、背中合わせになってますでしょ。長屋同士がくっついてて、いっしょに遊んだりしていたんでしょう。それで、どこかほかに引っ越しちまったんですが、いまもたまに訪ねて来るみたいなことは民助から聞いたことがあります」

「ふうむ。引っ越したのか」

となると、捜すのはますます難しい。

「こうなったらしょうがねえ、千寿屋で訊《き》くか」

と、藤村は言った。

「千寿屋で？　おまさのことを？」

仁左衛門が不思議そうに訊いた。

「ああ。そのおまさだって、もしも詐欺をたくらむにしても、まったく関わりがないところは選ばないだろう。ある程度、商売の内容を知ってないと、詐欺だってやれるもんじゃねえ」

「確かに」

と、夏木がうなずいた。

「でも、藤村さん、なんの関わりもない人間がいきなり千寿屋に行って、おまさのことを訊いたとして、教えてくれるかね」

「教えねえか」

「あっしが千寿屋の番頭だったらね」

「仁左衛門の言うとおりだぞ」

と、夏木が言った。

虎山も信州屋も番太郎も、妙案は浮かばないらしく、黙って腕組みしているばかりである。

「やっぱり康四郎に訊《たず》ねさせるか」

藤村は、気が進まないがといった調子で言った。

「ああ」

と、皆は、それがいちばんだという顔をした。町回りの同心なら、店に立ち寄り、根掘り葉掘り訊いてもおかしくはないし、向こうも答えざるを得ない。

「そろそろ康四郎が回って来るころか」

信州屋と番太郎は番屋に、ほかは初秋亭にもどって、本所《ほんじょ》深川回りである藤村康四郎を待つことにした。

その康四郎は、扇子で首をあおぎながら、暑さにうんざりしたという顔で、岡っ引きの長助《ちょうすけ》とともにやって来た。

「おい、康四郎」

藤村は、初秋亭の二階から息子を呼んだ。

「なんでしょう?」

「頼みがあるんだ」

「父上がわたしに?」

康四郎は珍しそうな顔をして、長助と顔を見合わせた。

五

藤村と夏木が、康四郎と長助といっしょに千寿屋へ向かった。あまりぞろぞろ行ってもしょうがないので、ほかは藤村と夏木の報告待ちということになった。

これまでの事情はすべて康四郎と長助にも話した。

「千寿屋に訊くというのはいい方法でしょう。わかりました」

と、康四郎もすぐに事態を飲み込んだのだった。

若い二人から少し離れて後ろを歩きながら、

「康四郎もなかなかさまになってきたな」

と、夏木が小声で言った。

「なあに、そうでもないよ」

「だが、藤村も同心としての手練手管はいろいろ教えているのだろう?」

「いや、ぜんぜん」

「それはいかんな。まあ、藤村は照れ屋だから、直接、説教みたいなことはしたくないのだろう」

「わかってるじゃないの」

「だが、心得のようなことは、書き残しておいたほうがいいぞ」

「遺言かい?」

「そんな切羽詰まったものでなくてもだよ」

「どうかねえ」

　と、藤村は首をかしげ、

「逆に邪魔になるかもしれねえよ」

「邪魔に？」

「おいらが同心になったころといまとでは、明らかに時代の空気が変わってきてるんだ。おいらのころは世のなか全体が、もっとのんびりしてた。だが、いまは何か大きな変化が起きようとしているみたいに、世のなかがざわついてきてる」

「確かにそうだ」

「だったら、当然、そこで起きる事件とか悪事も、昔のそれとは違ってくるはずだ。それなのに昔のやり方なんか教えたって……」

「邪魔になるか」

「だいたいが、おいらのやり方は、先輩同心のやり方と違って独特だとか言われてた。だから、なおさらおいらは余計なことは言わねえほうがいいのさ」

「なるほどな」

　夏木も難しそうな顔でうなずいた。

「夏木さんも、似たようなことがあるのかい？」

藤村はとぼけて訊いた。

「いや、まあ、そのうちな」

夏木は言葉を濁した。

千寿屋の前に来た。

深川で一、二と言われるだけあって、間口は二十間ほどあり、何台もの荷車が店の前に止まり、大勢の手代や客が右往左往している。

「おいらたちは、離れて話だけ聞いてるが、遠慮なくやってくれ」

と、藤村は言った。

康四郎は黙ってうなずき、すぐ近くにいた店の男に十手を見せながら、

「番頭さんかい？」

と、声をかけた。

「いえ、あたしは手代でして。番頭はいま出かけてるんです」

「いや、あんたでいいんだ。この店に出入りしてる女で、おまさってのはいるかい？」

「おまさ？」

「そう。たぶん、三十半ばくらいの女かな」

康四郎はそう言って、首筋を十手で軽く叩《たた》きながら、手代の言葉を待った。長助は店のなかを見やりながら、耳を澄ましている。

「ああ、あれですかね」

「うん、それかもな」

「荷船の船頭の女房におまさってのがいます。ときどき、亭主の手伝いでいっしょに船に乗っていたりしますが、その女のことですかね？」

「荷船の船頭？」

「そうなんで、武州《ぶしゅう》の在から、小麦と大豆を運んでくる船頭なんです。その在の出なもんで、荷運びの仕事を受けているんですよ」

「ここまで持って来るんだ？」

「ええ」

「荷物の量は決まってるのかい？」

「こっちの注文書を持って行かせて、その量を運んで来るんです。すべてをうちで引き受けるわけにはいきませんので」

「その注文書ってのは、判子を押すかい？」

「もちろんですよ。でなきゃ、本物かどうか、わかりませんよ」

「なるほどな」

康四郎はちらりと藤村と夏木を見た。これで偽造の判子の使い道もわかりましたね、という顔である。

「その船頭の家ってのは、このあたりだったりするのかな？」

なんだか、勿体《もったい》ぶったような口調だった。藤村は聞いていて、内心、そんな言い方は誰に教わったんだと文句をつけたくなった。

だが、手代は素直にうなずいて、

「ええ、この近所ですよ。蓬萊橋《ほうらいばし》を渡ってすぐのところに、船頭たちが住む長屋があるんです。そこにいるはずです」

「ありがとよ」

康四郎と長助が立ち去ろうとすると、

「なにかありましたので？」

手代は不安げに訊《き》いた。

「なあに、起きる前に起きねえようにしてやるのが、同心の務めなんでな」

「はあ」

康四郎は蓬萊橋のほうに歩き、たもとのところで足を止めて、扇子で顔をあおぎながら藤村と夏木が来るのを待った。長助は、すぐわきで売っているところてんを見て、いかにも食いたそうにした。

「やはり、偽造だったな。その判子で取り込み詐欺でもするつもりだ」

藤村が追いついて来て、すぐにそう言った。

「ええ。おまさの亭主ってのが気の短い野郎じゃないといいですね」

「そいつのことは、まだ頭に入っていねえのか？」

藤村はからかうような口調で訊いた。康四郎が深川の人間をすべて覚えると豪語していたことを言っているのだ。

「どういうやつかはまだですが、そこに船頭たちの長屋があるのは知ってました」

康四郎はムッとしたように言った。

「じゃあ、助かった。ありがとよ」

藤村はそう言って、船頭長屋に足を向けようとした。

「父上、待ってください」

「なんだよ？」

「どうなさるおつもりですか？」

「民助を助けるんだよ。しらばっくれて迎えに来たとでも言うつもりさ」

藤村がそう言うと、

「いやいや、それはおいらたちの仕事でしょうよ」

と、康四郎は言った。

「え？」

「判子の偽造に取り込み詐欺だとしたら、見逃すわけにはいきませんよ」

「それはまだ、聞いてみなくちゃわからねえ」

「下手に問い詰めても父上に捕まえる権利はないから、逃げられるのがオチですよ」

「逃げられるだと」

今度は藤村がムッとする番だった。

「おい、藤村。康四郎の言うとおりだ。ここはまかせたほうがいい」

と、夏木が言った。

「そうだな」

藤村も素直に折れた。

康四郎と長助が、おまさの家の戸を開けた。

「誰だい？」

奥から女が出て来た。三十代後半くらい。肌は陽に焼けているが、どこか幼さが残る顔立ちだった。

「南町奉行所の藤村って者だ」

名乗りながら、康四郎は奥を見て、長助とうなずき合った。机に向かって仕事をしている男がいる。熊井町の番屋で見覚えがある男で、あれが民助らしかった。

「町方の旦那《だんな》が何の御用です？」

「そっちにいる人をちょっと見せてくれ」

康四郎が十手の先を民助に向けると、

「あっしですか？」

奥の男が訊いた。

「あんた、判子屋の民助だよな」

「ええ」

「こんなとこで何やってんだ？」

「いや、ちょっと」

民助は困った顔をした。とくに殴られたようなようすなどはない。

「判子、彫ってるんだろう？」

「そりゃあ、まあ、あたしは判子屋ですから、ほかにすることはありません」

「だったら、なんでてめえの家でやらねえんだ？」

「ちっと事情がありまして」

民助がそう言うと、

「旦那。民さんがどこで仕事しようと勝手なんじゃないですか？」

女は皮肉っぽい笑みを浮かべて言った。

「あんた、おまさだろ？」

「え？　ええ」

「民助の幼なじみだ」

「そうですが」

「幼なじみをいいことに、偽物の判子をつくらせてるんじゃねえのか？」

「……………」

おまさの形相は変わってきていた。目がつり上がり、先ほど見られた気のいい下町っ子ふうの笑顔は消し飛んでいる。

「民助。脅されてるんだろう？」

康四郎がそう言うと、奥の見えないところで、人が動く気配がした。

「誰だ、そこにいるのは？」

康四郎が叫びながら土足で上がり込むと、男が窓から出て逃げるところだった。

「長助！　路地だ！」

おまさが康四郎の前に回って、すがりついてくる。それを手で払い、窓から飛び出ると、向こうで長助が逃げようとした男に向かって十手を構えている。

家のなかでは、おまさの逆上した叫び声がしている。どうやら、潜んでいた藤村と夏木が民助を気づかってなかに入ったらしい。

「糞《くそ》っ」

男は匕首《あいくち》をかざした。

「おい、こっちだ」

康四郎が駆け寄って、振り向きざまに突いて来ようとした男の腕を上から強く叩《たた》いた。男の動きを充分に見切っていた。

「ぐえっ」

痛みのあまり、男は匕首を取り落とし、そこへ長助が後ろからすばやく縄をかけた。

民助は、熊井町の判子屋にもどって来た。おまさと亭主のほうは、永代寺門前町《えいたいじもんぜんちょう》の番屋で、康四郎と長助によって取り調べがおこなわれている。民助の話はあとで聞くからと、とりあえず家にもどるのを許されたのだった。

藤村と夏木は、民助を家まで連れて来て、

「よかったな。無事にもどれて」

と、声をかけた。

ところが、民助ときたら、怪我ひとつせず家にもどれたというのに、ちっとも嬉《うれ》しそうではない。

「まさか、こんなに早くあの謎かけが解かれるなんて思わなかったですよ。万が一、おいらの死体がそこらで見つかることになったときは、下手人を見つけてもらえたらと思ってやったことなんですけどねえ」

などと、愚痴りもした。

「おめえ、殺されてもしょうがないと思ってたのか？」

藤村は呆《あき》れて訊《き》いた。

「いや、そこまではしないだろうと思ってましたけどね」

「のんきなやつだぜ」

「ただ、ああいうことって、はずみってのはありますからね」

「拉致《らち》されて、逃げるつもりはなかったのか？」

「逃げたって無駄でしょう。家はわかってるんだし」

「いってえどうするつもりだったんだ？」

「なあに、わざと失敗したりして、だらだら完成を引き延ばしたりするうち、おまさちゃんも諦《あきら》めてくれると思っていたんですよ。あっしも昔話なんかしながら、説得するつもりでしたし」

「あの、おまさが？　諦める？」

藤村が鼻でせせら笑って、

「捕まるときの顔をお前に見せたかったぜ」

「怖い顔でしたか？」

「夜叉《やしゃ》かと思ったぜ」

藤村がじっさい思い出してゾッとしながらそう言うと、民助はがっくり肩を落とし、

「そうかあ。いえね、あっしもおまさちゃん、ここまで変わっちまったんだと、愕《がく》然《ぜん》としたこともあったんです。なんで、あのおまさちゃんが、あそこまで変わるか

ね。けなげで、ほんとに優しい娘《こ》だったんですぜ。あっしの駄洒落《だじゃれ》にも、けらけらとよく笑って」

「民助。子どものころの思い出は、あんまりあてにならねえんだよ」

　と、藤村は言った。

「そうなんですか？」

「哀しいけどな。赤ん坊を見ると、人間てえのは、基本は皆、いいやつなんじゃないかと思うよな。あの笑い顔や、真剣なまなざしを見ると、こりゃあ天からの使いじゃないかとさえ思ってしまう。よちよち歩きのころもまだ、そんなもんだ。ところが、七、八歳あたりから智恵がつき始め、さらにその智恵で世渡りをするようになってくると、笑顔に影が刻まれ、まなざしに狡猾《こうかつ》さが加わってくるんだ。智恵ってのは、悪をいっしょに連れて来るものなんだと痛感するぜ。どうして大人は、赤ん坊のあの笑顔や表情のまんまに成長させてやれないんだろうと思うが、それには智恵をつけないようにしなくちゃならねえ。でも、人間ってえのは、どうしたって智恵が必要になっちまうのさ」

　藤村の言葉に、わきにいた夏木も同感だというようにうなずいた。

　だが民助は、

「そうじゃねえと思いますよ、旦那《だんな》」

と、辛《つら》そうに言った。

「なにがそうじゃねえんだ」

「そんな難しい話じゃねえ。おまさちゃんは、あっちに行っちまったからなんだ」

「あっちに？」

「ずっと深川にいりゃあよかったんだ。この町で、近所の手伝いをしたって、飯くれえ充分、食っていけたのに、永代橋なんか越えて行くからいけなかったんだ」

民助は、ここから少しだけ見えている永代橋を、憎々しげに見たのだった。

藤村慎三郎は、八丁堀の役宅にもどって、庭先で身体を拭《ふ》いていた。

暮れ六つごろになるとようやく風が出てきて、濡《ぬ》らした肌を吹き過ぎていくと、湯上りのような爽《さわ》やかさも感じられた。たらいと手ぬぐいがもたらす小さな爽快感《そうかいかん》。これは夏の夜の醍醐味《だいごみ》かもしれないとさえ思ってしまう。

康四郎が帰って来て、やはり井戸端に立ち、手ぬぐいで顔や手をぬぐい始めた。

「今日はすまなかったな」

と、藤村は声をかけた。

「いえ、こっちこそ。千寿屋にはずいぶん礼を言われましたし」

康四郎も夜風の爽やかさを味わうように、首筋に手ぬぐいを当てた。

台所では、加代が夕飯をつくる音がしている。大方、冷ややっこにきゅうり揉《も》みくらいのかんたんなおかずだろうが、それが夏の夜にはいちばんの馳走だった。

ふと、康四郎がなにかを思い出したような顔になって、

「そういえば、父上は、お旗本の黒旗さまはご存じですか」

と、言った。

「黒旗英蔵か？」

「ええ。やはり、ご存じでしたか」

まさか、永代橋の上で脅したことがあるとは言えない。

「黒旗がどうかしたのか？」

「いま、このところ、うちのお奉行と会ったりしてるみたいでして」

「なんで？」

「お奉行はどうも、今年あたりで隠居するつもりらしいんです。その後釜《あとがま》に座ろうと思われてるんじゃないですか」

「そうなのか」

以前、そうした動きがあったことは知っている。だが、立ち消えになったと思っていた。

不服そうな口調がわかったらしく、

「意外ですか？」

と、康四郎は訊いた。

「黒旗はおいらたちと同じ歳くらいだぞ。同じころ、大川であいつも泳いでいたんだ」

「そうですか。でも、町奉行になるなら、五十七、八という年齢は、いいところじゃないですか」

「ふうむ」

夏木の長男はいくつだったか。

夏木は早くに婿入りして、子どもが生まれたのも早かった。それでも長男は三十四、五といったところか。確かに、江戸の町を統べるのには若過ぎるかもしれない。

「評判も悪くないですしね」

と、康四郎は意外なことを言った。

「そうなのか」

「切れるらしいです。若手は皆、そういう人を望んでいますよ」

康四郎はさっぱりしたという顔で、家のなかに入って行った。

――上に立つやつは、切れりゃあいいってもんじゃねえ……。

藤村のほうは、夜風がぴたりと消えた気がした。

第三話　金魚の縁《えにし》

一

「そういうことなら、初秋亭の旦那たちに頼みなよ」

と、安治の声がした。

三人は、夕方から海の牙に来ている。今日は三人ばらばらの頼まれごとが入っていて、終わるとすぐ、ここに集まったのだった。

初秋亭という言葉に、

「ん？」

いっせいに安治のほうを見た。

安治は調理場から外に出て来ていて、その前に一人の客がいる。五十がらみの、身なりのいい客である。どう見ても、この店にはふさわしくないが、初秋亭の三人もこの店で何度か会っている。ただ、話したことはない。

「こちらは深川指折りの豪商の……」

安治がこっちを見て、そう言いかけると、

「豪商だなんて言うなよ。木場《きば》の材木問屋の連中が聞いたら、大笑いだよ」

客はたしなめた。

「笑われないよ。茶問屋の〈高瀬屋《たかせや》〉さんだよ」

「ああ、なるほど」

仁左衛門が大きくうなずいた。

永代寺門前にあって、「宇治《うじ》茶問屋」の大きな看板が目立っている。間口は十四、五間。豪商と言っても、まったくおかしくはない。

「でも、宇治の上等な茶を売る人が、こんな下世話な飲み屋で、酒なんか飲んででいいのかい？」

と、藤村が言った。

「いやいや、人間、メリハリが大事ですから。こういうところでくつろいで。商売はシャキッと上品に」

「なるほど」

「それで、相談ごとだって？」

と、夏木が訊《き》くと、

「いやね、うちの倅《せがれ》、巳之助《みのすけ》っていうんですが、これが女に惚《ほ》れましてね。ぜひとも嫁にしたいと言ってるんですが、なんか変なんですよ」

「見た目が？」

「見た目は可愛らしい娘です」

「まさか、これじゃねえだろうな？」

藤村が両手を胸の前でだらりとさせ、目をひん剝《む》いてみせた。

「いやいや、そっちでもないと思います」

「話したことはあるのかい？」

と、仁左衛門が訊いた。

「ええ、家に連れて来ましてね。話もしました。賢い娘らしく、ちゃんとした受け答えをしてました」

「それでも変なんだ？」

「そうなんです。考えても、なにが変なのかはわからないのですが、やっぱり変な感じがしたんです。あたしには」

「いや、商人のそういう勘は、当たるもんだよ」

と、仁左衛門が自分もそうだというように言った。

「だから、そういう、いっぷう変わった話だったら、初秋亭の旦那《だんな》たちに調べてもらえばいいと言ったんだよ。とにかく、この人たちは、変な事件を解決させたら、町奉行所もかなわないって人たちだからね」

安治の言葉に、

「まあ、そこまで言われたら、やらないでもないが」

と、夏木はやる気を見せた。

「もちろんお礼はいたします」

「それはまあ、どうでもいいんだ。実費がかかったときは、もらわなきゃならないが」

三人とも、いまさら金儲《かねもう》けなどする気はないし、なまじ欲を出すと、ろくなことがないというのも、これまでの人生経験で嫌というほどわかっている。

「倅はいくつなんだ？」

と、藤村は訊いた。

「二十二になりました」

「まあ、嫁をもらいたい年ごろだわな。そこを過ぎると、いっぺんおさまるんだけどな」

「相手の家は？」

と、夏木が訊いた。高瀬屋の嫁になるとしたら、ほとんどの家にとって、玉《たま》の輿《こし》になるだろう。

「それが、お初《はつ》って名前なんですが、可哀そうな育ちの娘でしてね。両親はそっちの橋のたもとのところでかまぼこ屋をしてたんです。なかなかうまいかまぼこで、実直な商売をしてて、あたしも覚えてました。でも、お初が二歳のとき、その家は火事で焼けちまって、両親は亡くなったんです。あの娘は、母親が窓からほうったのを、下で火消しが受け取ったので、助かったらしいんです」

「そうだったのか」

「それからは、親戚《しんせき》中をたらい回しにされ、上州《じょうしゅう》の在のほうで暮らしたこともあったみたいなんです。ですが、あたしは家柄だの財産などより当人の気立てがいちばんだと思ってますので、そういうことには同情こそすれど、それで嫁にするのに反対するなんてことはありません」

高瀬屋はきっぱりと言った。

「そりゃあ、立派なものだ。ところで、倅はどこで見初めたんだい？」

夏木はさらに訊いた。

「堀川町《ほりかわちょう》に、大きな金魚屋があるのをご存じないですか？　油堀に架かった千鳥橋《ちどりばし》を渡って行ったところにあるんですが」

「ああ、あるな」

「若い娘がいっぱい働いてるよな」

と、藤村が言った。

「そうです。金魚娘とか呼んでるみたいで」

「うん。皆、金魚の浴衣《ゆかた》を着てるよな」

「ええ。そのうちの一人に、倅が目をつけましてね。しょっちゅう行っちゃあ、金魚を買って来るもんで、いまじゃ池にあふれるくらいになってます」

「向こうの気持ちはどうなんだい？」

と、仁左衛門が訊いた。

「まあ、家にも顔を見せるくらいですからね」

「まんざらでもないか」

「あれだけ通って来られて、情にほだされたってところですか。嫁になってもいいかなあくらいだと思います」

「お初ちゃんのほうは幾つだい？」

「まだ十七だそうですから、焦る気持ちなんかはないでしょう」

「なるほどね」

仁左衛門がうなずくと、

「なんか変ねえ」

夏木が腕組みした。

「誰でも、多少はなんか変だよな」

藤村がそう言うと、

「藤村だって、なんか変だよな」

「いや、おいらより、夏木さんのほうがなんか変だよ」

「わしは、昔から仁左はなんか変だと思っていたぞ」

「あっしが？」

仁左衛門のあまりの驚きように、夏木も藤村も大きな声で笑った。

「でも、若い娘がなんか変だというと、たいがいは猫かぶってるけど前は吉原にいたとか、悪い虫がついてるとかってなるんだけどな」

藤村がそう言うと、

「あたしも最初はそう思って、じつはあの娘が住んでる伊沢町《いざわちょう》の町役人に訊いてみたんですよ。すると、男の出入りもないし、しっかりした娘らしいんです」

「ふうむ」

高瀬屋のあるじも、いちおうはお初の身辺を調べたりもしたらしい。

「でも、住まいも深川なら、調べも難しくはないよね」

「とりあえず、顔を見ねえことには始まらねえ」

「明日《あした》の朝からだな」

三人は引き受けて、四つ半（この時季だと午前十時ごろ）に、千鳥橋のたもとで高瀬屋のあるじと待ち合わせ、お初のようすを見に行くことにした。


そのころ、七福堂の木挽町店は、開店初日の店をようやく閉めたところだった。

「疲れましたねえ」

と、加代が額の汗を拭《ふ》きながら言った。

「ほんと、びっくりしたわね」

志乃は呆然《ぼうぜん》としている。

「こんなに気ぜわしく働いたのって、志乃さま、生まれて初めてじゃないですか」

「申し訳ありません」

「大身の旗本の奥方さまに働かせてしまって、申し訳ありません」

「ううん。好きでしたことだもの」

初日から、信じられないほどの繁盛だった。

狭い店に、ひっきりなしに客がやって来て、何度かは店の前に十数人の列ができたくらいだった。

準備もうまくいったらしい。

近くの湯屋三軒に、よく目立つ引き札を貼っておいた。

三日前からは、この通りでびらも撒《ま》いた。

それは、加代とおちさが担当してやったことだった。

とりあえず、帳場の奥に、志乃、加代、おちさ、おさとの四人は膝《ひざ》を崩して座り込み、

「ええと、品切れになったのは？」

志乃が売り物の棚を見ながら訊《き》いた。

ところどころに空きが出ている。

「袋物と黄楊《つげ》の櫛《くし》と、匂い袋も売り切れですね」

と、おさとが言った。

背中では、耳次《みみじ》が眠っている。

「匂い袋も！　とくに値引きもしてなかったのに」

加代は驚いた。高価な香料を使っていたので、どうしても値段は高くなったのである。

「それと薬もです。あんなに用意してあったのに。三十袋ですよ」

「薬は、志乃さまがつけてくれた名前もよかったのね」

「あたしは一文字だけよ」

「それと志乃さまが用意してくれた袋。きれいですもの。あの袋だったら、中身がなんでも欲しくなっちゃうくらいですよ」

と、おちさが言った。

志乃も褒められて、いかにも嬉《うれ》しそうである。旗本屋敷の奥方として座っていても、こんなふうに褒められることはまずない。

「小間物のほうはとりあえず七福堂の本店から回してもらうにしても、薬は材料が足りなくなるかも」

加代が心配そうに言った。

「柚子《ゆず》がいちばん心配よね」

夏木家の庭でできたもので賄っているのだ。

「どうしましょう。薬は飲みつづけるのが大事だから、途中で品切れなんてなったら、買ってくれた人に失礼よ」

「伊豆《いず》あたりに行くと、入手できるのかしらね」

おちさがそう言うと、

「秩父《ちちぶ》から出稼ぎに来てる人は知ってますけど」

おさとが言った。

「とにかく四方八方、訊き回って、なんとしてもかき集めないと」

「加代さん。薬は伸びるわね」

志乃が言った。

「そうみたいですね。皆、身体のことでは悩んでるんでしょう」

「薬の第三弾もやる?」

「考えてみます。困ったわ。なんだか、薬のほうが香道より面白くなってしまいそう」

今日は、香道の弟子も何人か来ていた。

「あら、困るわね」

「とにかく、第一歩はうまく踏み出したってことで」

「男たちなら、海の牙に繰り出して一杯ってところね」

「それなら、ちょっとお酒買ってきましょう」

おさとが腰を上げると、

「そうね。乾杯といきましょう」

女たちは怪気炎をあげた。

二

翌日——。

三人は、油堀に架かった千鳥橋で高瀬屋と待ち合わせた。

「あたしは、顔を知られてますので、近くには行きませんから」

「ああ、教えてくれたらそれでいいよ」

と、夏木はうなずいた。別に、言葉で教えてくれてもよかったのだが、金魚娘は皆、可愛らしく、金魚柄の浴衣《ゆかた》は毎日、色が変わったりするので、特徴を伝えにくいとのことだった。

「金魚屋はその角を曲がったところです」

高瀬屋は立ち止まり、三人を先に進ませた。

角を曲がると、間口はさほどでもないが、奥行きのある店があり、金魚の絵が描かれた提灯《ちょうちん》が並び、金魚の形をした旗も立っていた。

「ええと、お初はですね」

と、高瀬屋は角のところから顔だけ出し、

「あ、手前から二つ目の水槽のところに立っている娘です。いま、こっちを見ました。今日は紺地の浴衣を着てますね」

その娘は、頭の禿《は》げた年寄りの客の相手をしていた。

湯船を平たくしたような、大きな木の水槽が、五つほど奥まで並んでいる。その一つずつに、若い娘がついているのだ。

「担当が決まっているのか？」

夏木が訊いた。

「水槽別というわけではないみたいです。ただ、店にいるのはだいたい同じ娘たちみたいですね。若い娘はほかにもいて、寺社の縁日に出している出店のほうに行っている娘たちもいるらしいです。なんでもぜんぶで十数人いるとのことです」

「なるほど」

「倅《せがれ》も来るんだろう？　おいらたちは、見られねえほうがいいんじゃねえのか」

藤村がそう言うと、

「大丈夫です。昼のうちは、家の商売をやらせてますので、来るのは夕方からです」

「そうか」

「では、あたしはこれで」

高瀬屋は引き返そうとした。

「でも、一日で変なところを見きわめるのは無理だと思うぜ」

と、藤村は念を押すように言った。最近、初秋亭の仕事が、方々で過剰に期待されているような気がしている。しょせんは、背後の力はなにもない隠居仕事なのだ。

「もちろんです。でも、三、四日ほど見てもらって、旦那《だんな》たちにもわからないようだったら、あたしの気のせいだったのでしょう。じゃ、よろしくお願いします」

そう言って、高瀬屋は帰った。

三人は、まだお初には近づかず、遠くから観察して、

「ぞろぞろ行くより、一人ずつにしたほうがいいのではないか？」

と、夏木は言った。

「そうだな。じゃあ、おいらと仁左はそっちの木陰で涼んでるから、夏木さんが最初に見て来るといい」

「そうするか」

と、夏木が最初に向かった。

お初はまだ、年寄りの客の相手をしているので、まずは奥まで行き、水槽を見て回るふりをしながら、お初のようすを窺《うかが》った。

「ありがとうございました」

年寄りの客がいなくなった。

近寄ろうとすると、四十くらいの女に、先に声をかけられてしまった。

「金魚を増やしたいんだけど、なかなか増えないわね」

と、女は言った。

「なにに入れて飼ってます？」

「桶《おけ》よ。大きめで、深さもあるの」

「もしかして、漬け物桶じゃないですよね」

「そうよ。駄目なの？」

「漬け物桶は、塩けが残ってるから駄目ですね」

「あら、そう」

「桶を替えて、水草も入れて、年を越せるようだったら、増えてきますよ」

「そうか。じゃあ、今日は三匹ほどちょうだい」

夏木は女が帰るのを待ってすぐに、

「金魚もこうして見ると、模様もかたちもけっこう違っているのだな」

と、話しかけた。

「はい。違いますよ」

「尻尾《しっぽ》が開いたのと、閉じたのがいるんだな」

「はい。開いているのは、尾張《おわり》で生まれた種類で、江戸の水だとなかなか生きられなかったんですが、うちはいろいろ苦労して、江戸の水にも合うようにしたんです」

「ほう。尾張生まれか」

「金魚はもともとは唐土《もろこし》から来たんですよ」

「そうなのか？」

「足利《あしかが》さまの治世のころ、唐土から来たのが最初なんです」

「唐土生まれか、こいつらは」

「元はフナなんですが」

「フナにしちゃ胴は細いな」

「太いのもいますよ。大きくなると、フナも顔負けだったりします」

「ほう。じゃあ、フナが赤くなったのか。そういや、鯉も最初はぜんぶ黒かったのかもしれぬな」

「そうですね。金魚も、たまたま生まれたフナの赤い子どもをだんだんに増やしたんだそうです」

「たまたまか」

「いまも、ときどき変わったのが生まれるんですよ。それを増やすのは難しいんですが」

「ねえさん、詳しいな」

夏木は感心して言った。

大方、店のあるじから講釈されたことの受け売りだろうが、それでもなかなか上手に教えてくれる。これなら、茶を売っても、ちゃんとやれるだろう。

「いちおう勉強したので」

と、お初は肩をすくめた。

よく見ると、まだ幼さが残っている。高瀬屋の若旦那《わかだんな》は、あまり女臭い娘より、こういうのが好きなのだろう。

「ここは、いっぱい売ると、歩合でももらえるのかな？」

と、夏木は訊《き》いた。

「いいえ、そんなことないです」

「じゃあ、お給金もそう高くないだろう？」

初対面で訊くようなことではないが、突っ込んでみた。さぞや、図々《ずうずう》しい爺《じい》さんだと思われるだろう。

「でも、なんとか食べてはいけるし。変な客商売よりは、ずっといいですから」

「なるほどな」

と、うなずき、

「じゃあ、いきなり飼って死なせても可哀そうなので、わしもちっと勉強しておくよ」

「はい。また、どうぞ」

お初は笑顔を見せ、次の客のところに寄って行った。

夏木は河岸のほうに歩きながら、

「いい娘ではないか」

と、つぶやいた。


二番目は藤村である。

店の前まで来て、たじろいだように立ち止まった。

愛らしい金魚娘たちが並んでいる。客も男より女、それも若い娘が多い。

藤村は、夏木みたいに若い娘に気軽に話しかけるのは得意ではない。現役の同心だったころは、仕事で話しかけるのは平気だったが、隠居してからは恥ずかしさが先に立つようになった。

夏木にそのことを言うと、下心が芽生えてきたからだろうと言われた。

「ああ、そうなのか」

と、夏木の指摘に自分でも驚いたのだった。

ちょっと離れたところに柳の木陰があり、しかも切り株まであったので、そこに腰を下ろして観察することにした。

客は次々にやって来る。

金魚娘たちは、客の希望を聞き、一匹ずつおたまみたいなやつですくい、入れものを持って来た客ならそれに入れ、持って来なかったら、かんたんな手桶《ておけ》に入れて売る。一匹ずつの値段は、種類や色でまちまちらしい。

お初の仕事ぶりは、ほかの四人ととくに変わりはない。愛想は五人のなかでも一番か二番ではないか。変な感じなどまったくしない。

五人の金魚娘の働くようすを見るうち、

──おいらが若かったら、どの娘に惚《ほ》れたかな。

なんてことを考えた。

たぶん、お初ではない。

もう少しきりっとした顔が好みである。

──すると、あの娘か。

奥から二番目の水槽のところにいる浅葱色《あさぎいろ》の浴衣《ゆかた》を着た娘に目が行く。色はちょっと浅黒い感じだが、目鼻立ちがはっきりしている。まつ毛の濃さはここからでもよくわかる。

藤村はふと、初恋の娘のことを思い出した。

やはり八丁堀の同心の娘で、同じ歳だった。顔立ちはまさにあんなふうだった。

五、六歳のころは屈託なくいっしょに遊んだりしたが、そのころから好きだった覚えがある。十五、六になると気になってたまらず、毎日、顔が見たくて、用もないのにその家の前をうろうろしたりした。
その娘は、十八のとき、千住《せんじゅ》のほうに嫁に行ってしまった。遠縁の者で、八州廻《はっしゅうまわ》りの同心をしている男だったそうだ。

——あ。

藤村は慌てて、柳の葉むらのなかに顔を入れた。

康四郎と長助がやって来たのだ。

二人は、やけに嬉《うれ》しそうにしている。互いに突っつき合ったりもしている。

どうやら、「お前の好みはどの娘だ?」などと訊いたりしているらしい。

それは、若い者だったら、そう考えるだろう。

康四郎は、藤村の好みの娘に近づき、なにか話しかけた。

——なんだよ。女の好みはいっしょか。

そういえば、師匠の入江かな女をめぐって、妙なことになりかけたりした。

康四郎は、たいして照れたりはせず、なにか軽口を叩《たた》いて、笑わせたりしている。

——あの野郎、女のあしらいは、おいらよりうまいじゃねえか。

藤村は康四郎に見つかる前に退散した。

最後は仁左衛門の番である。

金魚屋に来ると、すぐにお初の水槽に行き、

「金魚を飼うのは難しくないかい？」

と、声をかけた。

「長生きさせて、増やすとなると、けっこう難しいですね。お宅に池はありますか？」

「池はないなあ。水たまりはあるけどね」

「ぷっ」

と、いい笑顔を見せた。

「ナマズを入れてる大きな甕《かめ》に入れようと思うんだが」

「ああ。次の日にはいなくなってますね」

「ナマズに食われる？」

「たぶん」

「じゃあ、桶《おけ》に入れて、飼うよ。三匹ほど見つくろってもらおうかな」

「では、お好きなのを選んでください」

水槽をのぞき、三匹を選んで、手桶に入れてもらった。

「ありがとうございました」

「うん、また来るかも」

「お待ちしてます」

お初はにっこりと微笑んだ。愛想もいい。

変なところなどまったく感じない。

もう少し観察するかと、近くの柳の木の下に行き、切り株に座った。さっき、藤村が座っていたところである。

いくら眺めても、ふつうの可愛らしい娘にしか見えない。

飽きてきて、視線を横に向けた。

――ん？

以前、使っていたらしい桶が放ってある。そこへ、草をつたってアマガエルが近づいていた。

――飛び込むか。

じっと見ていたら、やはり草から桶のなかに飛び込んだ。

ぽちゃん。

という音が響いた。

知らない者はいない有名な句を思い出した。芭蕉庵桃青《ばしょうあんとうせい》の句である。

——確かあの句の解釈は……。

静かな池に蛙が飛び込む音がしたが、そのあとはいっそう深い静寂となった……

というものではなかったか。

——待てよ。

仁左衛門の胸に疑問が湧いた。侘《わ》び寂びの極致みたいに言われるいままでの解釈は違うのではないか。

——いや、そんなはずはない。考えすぎだろう……。

胸に浮かんだ新しい解釈に、仁左衛門は怖くなった。

三

仁左衛門が、待ち合わせ場所である河岸の柳の木の下にやって来て、

「さっぱり、わからないね。どう見ても、ふつうのいい娘だったよ」

と、言った。

「仁左も駄目か」

夏木はうなずいた。

「ああ。おいらもあれなら康四郎の嫁にしてもいいくらいだよ。ところが、ちょうど康四郎が見回りに来てな。あの五人のなかで、いちばん危なっかしいのに、しきりに声をかけやがるんだ」

「危なっかしいの？」

仁左衛門はどの娘だろうと首をかしげた。

「お初の二つ奥の水槽を受け持ってた娘だよ」

「ああ、あれは藤村の好みじゃないのか」

と、夏木が言った。

「夏木さん、鋭いね」

ズバリ当てられてしまった。

「やっぱり、親子は好みもいっしょか」

「変なところは似るんだな」

藤村はうんざりしたような顔をした。

「夏木さまも駄目かい？」

仁左衛門が訊《き》いた。

「うむ。だが、いまになってみると、なんか、こう、おや？　という気持ちが湧いてきた気がするな」

じつは、夏木はここに来てから、なんとなくそんな気がしていたのである。

「そうなの」

「自信はないが、もう少し見つづけると、わかるかもしれぬ」

「娘を見る目は、さすがとしか言いようがないね」

と、藤村は感心した。

「いや、まだ、わからぬぞ。わしはもういっぺん見てから初秋亭に行くことにする」

「じゃあ、おいらたちは帰ってるよ」

藤村と仁左衛門は、ほとんど諦《あきら》めたような顔で、初秋亭に向かった。


夏木はふたたび金魚屋にやって来た。

最初に来たときより、店はかなり混んできている。ここは卸もやっていて、天秤《てんびん》棒《ぼう》をかついだ金魚売りも、ここで売り物の金魚を仕入れて行く。

夏木は、今度はお初の水槽のところには行かず、手前の水槽の前にしゃがみ込み、金魚を見るふりをしながらお初を観察した。
客に選ばせる。
なにか訊かれたら、金魚に関する知識を話してやる。
金魚の値段はばらばらだが、すばやく計算し、値を告げる。
代金をいただき、礼を言う。
すぐに次の客のところに行く。
客と話しながら、水槽の金魚を見る。
「あれ？」
夏木はなにか感じた。
だが、それがなにかわからない。
もう一度、お初に目を凝らす。
客が指差す金魚をおたまですくっている。
客は、「やっぱり、そっちにする」と気を変えた。
お初は、いったん取った金魚を水槽にもどし、別の金魚をすくう。
なにも、おかしなことはしていない。
——いまの違和感はなんだったのか。

結局わからないまま、夏木は帰ることにした。

夜になって――。

仁左衛門は、手桶《ておけ》ごと買わされた金魚三匹を持って、入江かな女の家にやって来た。

「師匠、ほんの手土産だよ」

手桶には蓋《ふた》がしてあり、中身はわからない。

「あら、お刺身かなにか？」

「そうじゃない」

手桶を受け取って蓋を開けると、

「あら、金魚なの」

「可愛いだろ？」

「夜店で買ったんですか？」

「そうじゃない。ちっと初秋亭で頼まれた依頼で、買わなきゃならなくなった。そのまま、床の間にでも飾ってもいいだろう」

「そうします」

かな女は、冷やしてあった瓜《うり》を切ってくれたので、それにかぶりつきながら、

「ねえ、師匠。かわず、カエル、あれって季語はいつになるんだい？」

と、仁左衛門は訊いた。

「カエルは春ですよ」

「すると、例の有名な句、古池や蛙《かわず》飛びこむ水の音は、春の句なんだね？」

「そうよ」

かな女は、それがどうかした？　という顔で仁左衛門を見た。

「でも、あの句の意味って、こんな感じだろう。古い幽玄な感じさえする池に、蛙がぽちゃんと飛び込んだ。水の音が響いたが、あたりはまた静まり返った……って」

「そうね。侘び寂びの境地を示した代表的な句とされてるわね」

「あっしは、それって違うんじゃないかと思ったんだよ」

「どういうふうに？」

「だって、春の句なんだろ。冬の寒さが去って、これから花が咲き乱れ、命が躍動するという春の句だろ。蛙だって、いままで冬眠してたのが出て来て、池に飛び込んだわけだよね。これから雌を見つけて、交尾の一つもしようかってところだ」

「まあ」

かな女は肩をすくめた。だが、少しわざとらしい。

「まだ、色味の乏しい古池の周囲に蛙がやって来て、ぽちゃんと飛び込んだ。すると、その音をきっかけみたいにして、古池の周囲でいっせいに春の気配が動き出すんじゃないのかい？　水はぬるみ、草木は新芽を出し、命の気配があたりに満ち始めた……そういう句なんじゃないの？」

「それ、面白い」

と、かな女は目を瞠《みは》った。

「それで、あっしはさらに思ったんだ。蛙が池に飛び込んだのをきっかけに、大地が鳴動し始めるんじゃないのって」

「あ」

かな女の顔が強張《こわば》った。

「そういうのって、ない？　蛙が池に飛び込む音。金魚が池で跳ねる音。そういう小さな音が、巨大なものの鳴動につながっていくのって」

「あると思う。あ、怖い」

「うん。あっしもそんなことを考えたら、怖くなったんだ。なにか、小さな音をきっかけにして、江戸に大地震が起きるんじゃないかって」

仁左衛門とかな女は見つめ合った。

かな女が、がばと仁左衛門の膝《ひざ》に倒れ込んだ。

四

次の日――。

夏木が庭で弓の稽古《けいこ》をしていると、

「お前さま、ちょっと」

志乃が縁側のところから声をかけてきた。

「なんだ。わしは朝飯は済ませたぞ。二度食うほど惚《ぼ》けてはおらぬぞ」

夏木はいつもの惚《とぼ》けたような軽口を言った。

「違いますよ。木挽町の七福堂が、たいそう繁盛してましてね」

「ふうむ。だが、あまり調子に乗らないほうがよいぞ。適当に儲《もう》けたほうが、長つづきもするものだ」

「はい。それはわたしたちもお互い言い聞かせております」

「それはたいしたものだ」

「ただ、薬が予想以上に売れていましてね」

「薬というと、あれか、肌がきれいになるやつ」

「はい。女美宝丸」

「あれは、わしも売れるだろうとは思っておった」

と、夏木は言った。じっさいそう思ったのである。ちゃんと女が欲しがるものに目をつけ、女なら欲しそうな袋に入れてあった。その袋の図案や色は、志乃が考えたのだという。意外な才能に、夏木は内心、舌を巻いたのだった。

「ただ、柚子《ゆず》を使っていて、お前さまが保存していた分もお借りしましたでしょう」

「あれでは足りなくなったのか？」

「はい。なにか手立てはありませぬか」

「ないことはない。わしが初秋亭で柚子の効能を吹聴したら、あの界隈《かいわい》の隠居たちが真似をして、ずいぶん柚子の皮を集めていた。あれを頼んで半分くらいずつかき集めれば、わしのところの倍くらいにはなるかもな」

「それは、ぜひ」

「わかった」

女たちがやりたいということには、できるだけ協力してやるつもりである。

「それと、お前さま」

「なんだ、まだあるのか」

「こっちも大事な用です。じつは、本郷《ほんごう》の叔父《おじ》が、勘定奉行《かんじょうぶぎょう》の石原《いしはら》さまと親しくされているそうなんです。それで、新之助のことをお願いに行こうと思いまして」

「いつ？」

「いまからですよ」

「いまから？」

それは気が進まない。

「先ほど、向こうから使いが来て、そういう話なら早く会うから、いまから来るがよいとおっしゃっているんです」

「本郷の叔父というと、あの人か。近所で火事があると、赤い着物を着て、屋根に上る人だろう」

そうすると、火事はあっちにはすでに移ったかと思って、延焼を免れるのだという。本気でそんなことを信じているのかと、夏木は呆《あき》れた覚えがある。

「それは、昔の話でしょう。いまは、してませんよ」

「お前だけじゃまずいのか」

夏木はそういう頼みごとで挨拶《あいさつ》に行くのは苦手である。

「なにをおっしゃってるんですか。洋蔵だって、こういうときのためにと、立派な書画を見つくろってくれたのですよ」

「わかった。支度する」

しぶしぶ着替えをし、夏木は駕籠《かご》で、志乃も途中で町駕籠を拾って、本郷に向かった。

「おお、権之助。久しぶりではないか」

叔父の今野亮右衛門《こんのりょうえもん》は、大げさに両手を広げた。

叔父といっても夏木とは血はつながっていない。志乃の父のいちばん下の弟なので、夏木よりわずか三つ年上に過ぎない。そのわりに、偉そうにされるので、夏木にとって親戚《しんせき》のなかでももっとも苦手な一人である。

「どうも、ご無沙汰《ぶさた》いたしまして」

「わしはてっきり権之助に来た話かと思ったら、新之助にだそうだな」

「ええ」

そんなこと、思いもしないくせに、嫌味なやつだと、夏木は内心で舌打ちした。

「よい話だ。わしも勘定奉行の石原とは、幼いころからの友だちでな。支援するように、よく言っておこう」

「よろしくお願いします」

「だが、石原の話では、黒旗英蔵が猛然と運動を始めているらしいではないか」

「そのようです」

「石原のところにも来たそうじゃ」

「そうなので」

「なんでも、町方がいますべきこととして、建白書を持って来たらしい」

「建白書を」

「立派なものだったらしいぞ」

「はあ」

「新之助もそうしたものは準備してるのかな」

「どうでしょう」

とても、そんなふうには見えなかった。

「すべきだな」

と、叔父は腕組みして言った。

「そうですか」

「どういったものがよいか、考えようではないか。そなたとわしで」

「いまですか」

「うむ。そういうことは将棋をしながらやるといいのだ。ちょうど新しい将棋盤と駒を買ったばかりでな。権之助、相手いたせ」

「将棋の……」

そっと志乃を見ると、軽く顎《あご》をしゃくった。

「お相手なさいませ。これも新之助のためですぞ」

と、目がそう語っていた。


夏木がようやく叔父の将棋の相手から解放されたのは、八つ半（この時季だと午後三時ごろ）くらいになってからだった。下手な将棋をなんと五局も付き合わされたのである。ほんとは、もっと早く詰められたのだが、やたらと防御を固めるうえに、長考に次ぐ長考で、うんざりしてしまった。

途中、これは叔父が勝つまでやらされると気づき、取ってくれとばかりに王将を前進させて、やっと討ち取られたのだった。

新之助の建白書の中身のことなど、ひとことも出なかった。

志乃も夏木の気苦労にさすがに同情したらしく、帰り道では、

「おまえさまのお気持ちは察しますよ」

と、腕を撫《な》でてくれた。

屋敷にもどり、着替えてからようやく金魚屋に向かった。

――昨日、感じた違和感はなんだったのか？

今日もちょっと離れて観察した。

しばらくして、身なりのいい若い男がやって来た。迷わずに、まっすぐお初のところに行く。高瀬屋のあるじに顔立ちも似ているので、倅《せがれ》の巳之助に間違いないだろう。

お初が笑顔になり、そばに寄った。

並んで話し始めた。

なかなかいい感じである。

若旦那《わかだんな》も、もう金魚は売るほど買ってしまったので、近ごろはもっぱら育て方の相談をしたり、ギヤマンの鉢を買ってみたりしているらしい。

お初はまったく嫌がってはいない。

このまま、一年もしたら、夫婦《めおと》になっていてなんの不思議はない。

ひとしきり話すと、巳之助は帰って行った。

客はまだ途切れずに来ていて、お初は客の言うのに合わせ、金魚を売りさばき、代金を頂戴《ちょうだい》している。

――ん？

夏木の胸のなかを再び違和感が走った。

――なんだろう？

少し近づき、お初の商いをさらに凝視した。

ふと、夏木は思った。

――あれは、金魚屋の目つきではない。魚屋の目つきだ。

生きている金魚を売っているのではなく、死んだ魚を売っている目。なぜか、そんなふうに見えたのである。つまり、愛玩《あいがん》するものを扱うときの、優しさが感じられない。

――どういうことだ？

夏木はわからなくなった。

お初は、おそらく意地悪でもないし、冷たい人間でもない。けなげで、気立てのいい娘だと思う。だが、金魚を見る目には、それが感じられない。

店の奥から、五十前後の男が現われた。店の主人だろう。

主人は、かかっていたのれんや提灯《ちょうちん》、外に立てていた何本もの旗も仕舞い始めた。

そろそろ店じまいらしい。

金魚娘たちは、持ち場の客がいなくなると、一人ずつ主人に挨拶して帰って行く。

お初がいちばん最後になった。

すると、お初は店の奥から手桶《ておけ》を持って来て、それにそれぞれの水槽から金魚を何匹かずつすくって入れていった。主人は咎《とが》めるようすもない。いつもやっていることなのだろう。

それからお初は、ほかの金魚娘と同様に主人に挨拶し、店を後にした。

夏木はお初をつけてみることにした。

確か住まいも近所だったはずである。

お初は伊沢町の裏店《うらだな》に帰宅した。

夏木は、すぐには路地をくぐらず、少し待ってから入って行った。

棟割長屋が二軒並んでいる。お初の家はどこか。

夏だから皆、戸口も窓も開けっぱなしである。奥から二つ目の窓の向こうに、お初が見えた。

そっとのぞいた。

なんと、お初は金魚を捌《さば》いていた。器用に腹に包丁を入れ、内臓を取り、焼くために串《くし》に刺した。もう一つ、別の鍋《なべ》があり、そっちには黒くなった金魚が入っていた。

軽く焼き、醬油《しょうゆ》や砂糖、みりんなどで煮つけるのだ。

お初は金魚の甘露煮をつくっていた。


夏木新之助と弟の洋蔵は、今日も夜の巷《ちまた》を散策していた。

人形町《にんぎょうちょう》の通りを三光新道《さんこうじんみち》に入ったあたりで、小さな飲み屋などが点在していた。

上品な町並みとは言い難いが、とくに風紀は悪くない。一日を一生懸命働いた町人たちが、疲れを癒《いや》す町である。

その一軒から出てきた夏木新之助は、

「江戸の治政は、そこそこうまくいっているのかな」

と、洋蔵に言った。

「町によって違いはあるけど、だいたいうまくいってるでしょう」

洋蔵は、新之助よりも赤い顔になっている。

「どこに秘訣《ひけつ》があるのかな」

「うまくしたもので、どこの町にも、うちのおやじさんや藤村さんや七福堂の旦那《だんな》みたいな人たちがいるんだと思いますよ。そういう人が大人の知恵でもって、町のいざこざを解決したり、住みやすくしてくれているんですよ。そうしたご隠居さんたちのおかげというのも大きいでしょう」

「なるほどな。そうすると、町方なんてのは、あまりうるさいことは言わず、目につくところを回っていればいいわけか」

「でも、必ず、厳しくしたがる人はいるんですよね」

「いる。危機意識を煽《あお》ってみたり、仮想の敵をつくったりして、厳しく締め上げたがるやつは必ずいるんだ」

洋蔵は立ち止まった。

新道のなかほどである。小さな家がびっしり軒を並べ、屋根と屋根はくっつきそうである。それらを見回し、

「もっとも、防災に関しては、江戸はちっと怖いと思うところはありますよ」

「そうか。防災か」

「幕閣の方々は、江戸の防災のことは？」

「このところ、そう熱心には考えていないみたいだ。じっさい、火除《ひよ》け地をつくり、町内のあちこちに防火の桶《おけ》を用意し、火消しも充実させた。これ以上、なにができるといったところではないかな」

「でも、災害は火事だけじゃないでしょう。水害もあれば、地震もある。また、富《ふ》士山《じさん》が噴火するかもしれない」

「そうか。そのあたりの対策を列記して、幕閣に提案してみてもいいかな」

新之助は、黒旗英蔵という旗本が、町奉行に就任したいという熱意を露《あら》わにして、幕閣に建白書を出したという話は聞いていた。なりふりかまわぬ運動というのは性に合わないが、建白書のようなものは出してもいいと思った。

「そうだ。いい人を思い出した」

洋蔵が急に手を叩《たた》いた。

「誰だ？」

「骨董《こっとう》のことで知り合った人なのですが、京橋《きょうばし》に近い料亭の女将《おかみ》で、古文書なども読める人なのです。その女将は、富士山の噴火や大地震には周期があるというんですよ」

「周期が？」

「それは、何百年という周期だから、長生きしても七、八十歳という人間にはぴんと来ないが、明らかに周期はあるというんです」

「ほう」

「それを元に、町奉行所ができる防災計画を立てれば、幕閣の方々にも説得力が生まれるかもしれませんね」

「その料亭は？」

「行ってみますか」

と、洋蔵はいまからでもそこに、兄の新之助を連れて行くことにした。

五

昨夜、夏木はお初の長屋からまっすぐ屋敷に帰ったので、二人にはまだ昨日見たことを報告していない。

いつもより遅れて初秋亭に着くと、すでに藤村と仁左衛門は来ていたので、

「わかったぞ」

と、声をかけた。

「お初ちゃんのことかい？」

と、仁左衛門が訊《き》いた。

「ああ」

「やっぱり変なんだ？」

「そうだな。あまりいないだろうな。少なくとも江戸の娘にはな」

「どういうこと？」

「じつはな……」

魚屋の目つきを感じ、長屋で確かめたことまでを語った。

「金魚を甘露煮に……」

「金魚、食べるんだ……」

二人とも啞然《あぜん》としたが、

「そりゃあ、フナが赤くなったんだから、甘露煮にして食べても毒じゃないよな」

藤村は気を取り直したように言った。

「だが、食うかい？　可愛がってたやつを」

仁左衛門は納得いかないらしい。

「たぶん、高瀬屋も、そこらのことを感じたのだと思うぞ」

と、夏木は言った。

「そうだろうね」

「これを高瀬屋に報告しなければならぬ。だが、なんか言いにくいわな」

「別に言わなくてもいいんじゃないのか?」

と、藤村は言ったが、

「いや、それはよくないよ。それで高瀬屋がどうするかで、頼まれたことはちゃんと報告すべきだよ」

仁左衛門は反対した。

「そうだな。では、行くか」

と、夏木は立ち上がった。

「いっしょに行こうか?」

仁左衛門が訊いた。

「いや、いい。仁左だって、言いたくないだろう」

「そりゃ、そうだけど」

仁左衛門はホッとしたように腰を下ろしたが、

「駄目だ。三人で行くんだ。そうするしかねえだろうよ。この仕事は、初秋亭が頼まれたんだからな」

藤村が立ち上がり、結局、三人で永代寺門前の高瀬屋に向かった。


「金魚の甘露煮……」

高瀬屋の表情が、雷をはらんだ黒雲のように翳《かげ》った。たぶん背筋には寒けも走っている。

「むろん、やたらと食うわけではないだろう。おそらく、あれだけいる金魚のなかから、弱ったやつをもらうことで、金魚屋のあるじとも話がついているのだろうな」

と、夏木はつづけた。

「ははあ」

「お初は両親に死なれ、苦労したのだろう。もしかしたら、子どものときに、ひどく飢えたことがあったのかもしれぬ」

「ええ」

「だから、わしはお初を責める気にはなれぬ。あそこでは安い給金しかもらっていないのだろう。おかず代も倹約せねばならぬはずだ。ちゃんと飯が食えたら、そんなことはしない。だから、倅《せがれ》が望むなら、そこは目をつむって、嫁にもらってやってもいいのではないか」

夏木はそこまで、なんとしても言いたかった。

その夏木の言葉に、

「それに、元の家はかまぼこ屋だったんだろう。二歳のときに家はなくなっても、ぼんやりと覚えてたんじゃないのかい。魚に対する気持ちは、あっしらとは違うんだよ」

と、仁左衛門が付け加えた。

だが、高瀬屋は、

「ううむ」

と、唸《うな》っている。

「やはり、許せねえかい？　金魚の甘露煮は？」

藤村が訊いた。

「いや。あたしのところに来たときは、あの娘は金魚なんか見てなかったんですよ」

高瀬屋は深刻な顔で言った。

「え？　どういうことだ？」

「ちょうど、金魚鉢のない部屋で応対してたんです。あたしは、金魚を見た目で変だと思ったんじゃないんです」

「え？　まさか？」

藤村は、高瀬屋の膝《ひざ》の上を見た。

膝には、狆《ちん》という飼い犬が載っている。高瀬屋は、夫婦そろって犬好きで、家のなかで狆を三匹飼い、庭でも白犬と赤犬を飼っているのだった。

「はい。この犬たちを見ていました」

高瀬屋は、そのときのお初のまなざしを思い出したらしく、膝の上の狆をかばうように抱き上げ、

「その目に、あたしは変なものを感じたのだと思います」

と、言った。

「犬も食いものに見えてしまう……」

初秋亭の三人も、さすがに背筋が寒くなった。

「客が来ると、うちの狆たちは吠《ほ》えかかったりするんですが、あの娘には吠えなかったんです。犬好きで、それがわかるのかなと思ったけど、逆だったんですね」

「逆？」

「怯《おび》えたのかもしれません」

「いや、わしにはお初の気持ちがわかる気がするぞ」

と、夏木は突然、大きな声で言った。

「わかりますか？」

高瀬屋が訊《き》いた。

「ああ。わしは、いま、思い出した。まだ若いころ、上州にある幕府の直轄地で日照りがあり、仕事として現状を見に行ったときのことだった。その地の百姓たちは、とにかくなんでも食っていた。馬も牛も、野山の草も、最後には土まで食うという話だった。江戸で暮らす者には想像もできない。あれは地獄だった」

「………」

「もし、お初にあれに似た体験があり、犬も愛玩《あいがん》するよりは食べるものだと思ってしまったとしても、お初にはなんの責任もないし、誰もお初を責めることはできない」

「そうかもしれません。いや、ほんとにそう思います。ですが、巳之助には伝えなければならないでしょう」

「そうか」

「巳之助も衝撃を受けるでしょう。あれは子どものころから、犬が大好きでしたから」

「なるほどな」

「倅に伝えるところまで引き受けてはもらえませんよね」

高瀬屋は、懇願するように夏木たちを見た。

「いや、それだけは勘弁してくれ」

三人は、早々に高瀬屋をあとにしたのだった。


木挽町の七福堂は、今日も好調な売り上げだった。

夕方になって、いくつかの品の在庫が少なくなり、おさとが箱崎《はこざき》の本店のほうに在庫を取りに往復したほどだった。

今日は、本店の用事で、おちさが来ていない。その分を、夏木家の女中が替わりになって、働いてくれた。もともと実家は人形町の商家なので、客あしらいも手慣れたものだった。

一息ついたあと、

「志乃さま。昨夜は、蒲団《ふとん》に入っても、ずっと薬のことを考えてまして」

と、加代は言った。

「あ、あたしもよ」

「女はどうしても気がふさぐことがございます。しかも、男と違って、どこかに憂さを晴らしに出かけるということもままなりません」

「ほんとね」

「そういうときの薬があったら、どんなにいいかしらと思いました」

「気がふさぐのを治すの？」

「はい」

「そんな薬つくれるの？」

「香りにはあるんです。例えば、白檀《びゃくだん》。あの香りには、人の心を落ち着かせる作用があるんです」

「あら、そうね。わかるわよ」

「それとクスノキからつくる樟脳《しょうのう》がありますでしょ。あれにも、同じ作用があります」

「あら、そうだったの。じゃあ、白檀と樟脳を入れて？」

「ところが、白檀は薬にできますが、樟脳は飲むと毒になります」

「まあ」

「あたしは、嗅《か》ぐ薬というものはできないかと思ったんです」

「匂いを嗅ぐの？　それで薬になるの？」

「だって、煙草だって、本来、薬だったんですよ。あれは、あまり身体にはよくないらしいですが、嗅ぐ薬があっても、あたしは不思議じゃないと思うんです」

「画期的よね」

「本邦初を売り物にできないかしらと」

「加代さん。それ、面白い」

女二人が店の奥で興奮して話していたとき、

「おや、こんなところに」

店の前に二人の男が立ち止まった。

一人は武士、もう一人は見るからに大店《おおだな》のあるじといったようすである。

「小間物屋ですが、薬も売っているようですね」

と、町人のほうが言った。

「なんでも売るというのは」

武士は顔をしかめた。

「ええ、よくないですよ」

町人が合い槌《づち》を打った。

武士は、黒旗英蔵だった。

商人のほうは、江戸でも有数の薬種問屋〈甲州屋《こうしゅうや》〉のあるじだった。

「黒旗さま」

「ん?」

「薬種問屋の株仲間は、黒旗さまを応援させていただきます」

甲州屋は、迷いを振り切ったように言った。

「というと?」

「運動に使えるような軍資金も引き受けましょう」

「それは助かる」

「そのかわり、こういういい加減な薬を売っているようなところは、どんどん摘発していただいて」

「わしも、そうすべきだと思う。ほかに希望することがあれば、なんでも言ってくれ」

「よろしくお願いします」

甲州屋は黒旗に向かって深々と頭を下げたのだった。

第四話　物語の炎

一

仁左衛門は、深川黒江町《くろえちょう》にある入江かな女の家の二階で、窓の外を眺めながら、

「まったく今日の日差しも強烈だね」

と、団扇《うちわ》を使いながら言った。ここから見えている景色は、白く乾き切り、物の影が皆、くっきりと描き出されている。白と黒だけで描きわけたような、なんだか目に悪そうな光景になっている。

かな女のほうは、日差しを避けて、部屋の奥で足を延ばしたまま、

「でも、暑さの頂は越えたわよ」

涼しげな顔でそう言った。

「越えたかね」

仁左衛門には、とてもそうは思えない。

「うん。これからは徐々に涼しくなっていくわ。あたしにはわかるの」

「地震だけじゃなく、天気もわかるのかい」

「むしろ天気はすごくわかるの。地震はなんとなく感じるだけ」

「そうか。涼しくなってくれると一安心だな」

「あら、どうして？」

「あっしは大地震の夢を見たと言っただろ。あれは、強烈な日差しの、真夏の最中《さなか》に起きていたんだ。だから、涼しくなってしまえば、とりあえず今年の大地震はないかもしれないよ」

「そうなの？　だったら嬉《うれ》しいわね」

かな女もホッとしたように微笑んだ。

二人はついに、一線を越えて、男女の仲になってしまっていた。

初めて裸で抱き合ったあと、

「あたし、七福堂さんを縛ったりする気はないから、安心して」

けだるい口調でかな女は言った。

「縛るつもりがないってことは、惚《ほ》れてもいないってことか」

仁左衛門はいささかがっかりして、そう言った。

「そんなこともないけど」

　かな女は苦笑した。

　仁左衛門は、自分が昔かな女が付き合っていた岩井五之助《いわいごのすけ》と比べたら、正反対の人間であることは自覚している。いちばん違うのは見た目だろう。売れていなかったとはいえ、向こうはれっきとした歌舞伎役者だった。しかも、芸より美貌《びぼう》が売りだった。そこらのいい男とは、やっぱり格が違った。顔の造りだけでなく、表情から所作まで、ふつうの男にはない輝きがあった。仁左衛門はまったく知らなかったが、その岩井五之助とは十年も付き合ったのだという。

「師匠、なんであっしなんかと？」

　外を見ながら訊《き》いた。

「不思議よね」

　笑った気配がある。

「不思議だよ」

　じつは、仁左衛門とかな女は、もとは大家と店子《たなこ》の関係だった。そのころはまだ俳諧《はいかい》の師匠になったばかりで弟子も少なかった。それで、知り合いの商人たちもずいぶん紹介してやったりした。だからといって、気を引こうなんてつもりはまったくなかった。そのころは、おさとに夢中だったし、だいいち、ああいう変に賢そうな女は苦手だとすら思っていた。

やがてかな女の弟子の数が増え、この家に引っ越して来たのだが、岩井五之助はここにもほとんど来たことはなかったらしい。だとしたら、向こうは十年の付き合いでも、じつはそれほど心の通い合いはなかったのではないか。あるいは、かな女には言えないが、大勢いた女のうちの一人に過ぎなかったのではないか。

「安心できるの。七福堂さんは。女には、安心できる男が必要なの」

「地震のことかい？」

「そうね。だって、いちばん怖いでしょ。命ばかりか、あたしがこの歳になるまで築いてきたものも、根こそぎ無くなってしまうかもしれない。書き溜《た》めた句も、お弟子さんたちさえも」

「そうだな」

仁左衛門はうなずいた。

だが、地震の恐怖が去れば、かな女の気持ちも冷めてしまうのかもしれない。

そのとき、自分はどんなふうに思うのだろう。

ぼんやり考えていると、

――ん？

視界のなかに妙なものがあるのに気づいた。

「あいつ、なにやってるんだろう？」

仁左衛門はつぶやくように言った。

「え？」

「あそこにいる男だけど、変なものによじのぼってるよ」

通りの向こう側だが、一階建ての低い家並の裏のほうで、小さなお稲荷さんがあるあたり。わきに大きなけやきの木があり、そこに立てかけた梯子《はしご》のようなものに、若い男がよじのぼっていた。

かな女は窓辺に寄って来て、

「ああ、あの男ね。そう、あいつ、変なのよ」

と、苦笑して言った。

「また、変なやつか」

十日ほど前には、変な金魚娘の秘密を、夏木権之助が解き明かしていた。

数日前、高瀬屋のあるじが初秋亭に来て告げたところでは、倅《せがれ》もかなり衝撃を受けたようだったが、それで諦《あきら》めたりはせず、まだしばらく付き合ってみることにしたらしい。初秋亭の三人も、それがいいと賛成した。あの娘が子どものときに味わったような飢餓は、江戸じゃまず起きないはずなのだ。その意見を聞いて、高瀬屋も納得して帰って行ったのだった。

「あれ、梯子をつくり変えたんでしょうね」

「そりゃそうさ」

木にかけた梯子は、相当な高さがある。二階建ての家の屋根よりも高いくらいである。その梯子は一段ずつのあいだが、ぜんぶ違っている。段が斜めになっているところもある。それどころか、途中の一段は、横のほうにかなりはみ出していたりする。

「あれを何回もやってるの」

「稽古《けいこ》してるんだ」

「そうみたいよ。でも、あんな変な梯子をのぼる稽古なんかして、いったいなんの役に立つのかしらね」

しばらくして、若い男は稽古を終え、梯子を家の陰に隠すようにした。

「見られないようにしてるのか」

「そうよ。こそこそやってるの。あれは怪しいわよ」

かな女は、囁《ささや》くような調子で言った。

昼近くなって、仁左衛門が初秋亭に行くと、

「遅かったじゃないか」

入口の近くにいた藤村が言った。

「うん。ちょっと野暮用でね」

「なんだか、さっぱりした顔をしてるぜ」

「そんなこと、ないだろう」

仁左衛門は内心、ドキリとして言った。

なかに入ると、つまらん爺《じい》さんこと富沢虎山がいた。

「虎山さんが、面白いものを持って来てくれたぞ」

と、夏木が言った。

「なんです？」

「これだよ」

と、布袋の中身を開いて見せてくれた。五合ほど小さな豆が入っている。

「豆ですね。見たことない豆だけど、なんの豆です」

「ふっふっふ。これは、コーフィーの豆だよ」

虎山は自慢げに言った。

「それが？」

コーフィーは、初秋亭の三人も飲んだことがある。以前、この界隈《かいわい》に家作をいっぱい持っている〈山形屋《やまがたや》〉の隠居の家で飲ませてもらったのだ。その隠居は、去年の暮れに、家督をゆずった日本橋の倅の家に行っていて、そこで心ノ臓の発作を起こして亡くなってしまった。三人は、葬儀にも行っている。

「山形屋の隠居のコーフィーは、まるででたらめだったらしいぜ。虎山さんも飲んだそうだけど」

と、藤村が言った。

「ああ。あれはコーフィーではない。黒大豆を焦がして挽《ひ》いただけだ」

「そうなんですか」

てっきり、あれがコーフィーの味だと思っていた。

「コーフィーは、この豆を煎《い》るところから始まるのさ」

と、持参した小さい鉄鍋《てつなべ》に豆を入れ、火鉢の炭をほじくり出して、その上にかけた。やがて、豆が焦げ始めると、いい匂いがしてきた。

「いい匂いだのう」

夏木が感心した。

「これがコーフィーの匂いだよ。山形屋のは、こんな匂いじゃなかっただろう」

「どうだったかな」

三人は、誰も覚えていない。

ということは、たいしていい匂いではなかったのだ。

豆の色も黒くなってきた。

「ずいぶん焦がすんだね」

仁左衛門は匂いを嗅《か》ぎながら言った。

「深く煎るのと、浅く煎るのとでは、味が違ってくるのだ。ここらでいいか」

黒くなった豆を、やはり持参してきた薬研《やげん》に入れ、すりつぶしていく。

「けっこう面倒臭えんだな」

藤村は、自分だったらやらないという調子で言った。

「なあに、この過程が楽しいという人もいるくらいだ」

つぶした豆を今度は木綿の布にあけ、それを壺《つぼ》みたいな器にかぶせるようにして、上から湯を注いでいく。

「これはゆっくりやるんだ。煎《せん》じる人もいるが、それだと苦味が強くなり過ぎるのさ」

「へえ」

三人は、いつの間にか、虎山の手元に見入っている。

「さあ、飲もう。皆、茶碗《ちゃわん》を出してくれ」

それぞれ使っている茶碗に、でき上がったコーフィーを入れてもらう。

「ずいぶん黒いな」

夏木はいくらか臆《おく》したように言うと、

「そういえば、山形屋は砂糖と牛の乳を入れるとうまいと言ってたぜ」

藤村も、このままでは飲む気が起きないというように言った。

だが、虎山は自分の分も注いで、

「牛の乳はいまはないが、砂糖は持って来た。まずはこのまま、飲んでみな」

と、言った。

夏木はゆっくり口に含んだ。

「どうだい？」

「うむ……」

お茶とはまるで違うが、独特のコクや旨味《うまみ》がある。

薬のような気もしないでもない。

二口目を味わい、

「飲みつけると、確かにこれはうまいだろうな」

「おいらは、うまいかどうかはわからねえが、山形屋の隠居に飲まされたのとは、確かにまったく違うな」

藤村はそう言った。

だが、仁左衛門だけは首をひねっている。

「七福堂は駄目かい？」

虎山は笑いながら訊《き》いた。

「正直な感想を言ってもいいかい」

「もちろんだ」

「あっしはこの苦さがちょっとね」

「うむ。ほろ苦いのは確かだが、これがいいのだろう」

「いやあ、いつまでも、こう、口に苦味が残るだろ。煎茶《せんちゃ》の苦味とは違うよ。子どものかね、あっしの舌は」

「なあに、好みなんざ人それぞれだ」

と、虎山は別に気を悪くしたようすはない。

「これは薬ではないのかな？」

夏木が確かめた。

「薬でもある。これを飲むと、元気が湧く」

「ほう」

「だが、南蛮人は、薬としてではなく、お茶のように飲む。だから、やつらは日本人より遥《はる》かに元気なのかもしれぬ」

「なるほどな」

残してしまった仁左衛門以外の三人が、満足げに飲み終えると、

「さあて、なにか面白いことはないかね」

と、虎山は言った。

「そういえば、この十日ほど、相談ごとが来ないな」

夏木はそう言った。

仁左衛門は、変な梯子《はしご》にのぼる男のことを言わない。

「虎山さん、女にでも惚《ほ》れてみたらどうだい？　そしたら、退屈どころじゃなくな

るぜ」

　と、藤村がからかうように言った。

「いい女はいるかね」

「そこらじゅうで、若い娘に声をかけてるんじゃないのかい？」

「あれは、孫をからかうようなもんだろうが。わしは、もっと熟れたやつがいいな。女は、四十五くらいからがいいんだな」

「四十五！　それじゃあ大年増どころか、中婆《ちゅうばあ》さんだろうが」

　じっさい、江戸の娘たちは早く嫁に行くので、四十五だと孫がいる女のほうが多いくらいである。

「そういう呼び名をつけるからだよ。わしに言わせたら、若い小便臭い小娘を追っかけているようじゃ、まだまだだな」

　虎山がそう言うと、夏木は肩をすくめた。一年半ほど前には、二十歳前の若い芸者と、すったもんだあった。もっとも、以来、夏木には色恋沙汰《ざた》は消え失《う》せてしまっている。

「もっと酸いも甘いも嚙《か》み分けて、人生にちょっと疲れ、けれどやさしさがそこはかとなくにじみ出たような女こそ最高なんだ」

「見た目?　見た目なんざ、それぞれだ。若いときの美醜とは違ってくる。しこめにはしこめの良さがある。これがわかるようにならないとな」

「虎山さん。そこまでわかるようになったら、人生、つまらねえどころか、面白くってしょうがねえだろうよ」

藤村がそう言うと、

「まったくだ」

「色恋だらけの人生になるねえ」

夏木と仁左衛門も大きくうなずいた。

「ところが、そういう女はなかなかいないのさ」

「そうかね」

「まれにいても、たいがい家族持ちだ」

「そりゃそうだ」

「あたしは、家族を壊したり、不貞を働かせたりする気はない。だから、色恋沙汰にはできない。ああ、つまらんねえ」

虎山はそう言って、飲み終えたコーフィーの茶碗を未練がましくなめた。

二

翌日――。

仁左衛門が洗顔を済ませて部屋にもどると、女房のおさとは耳次を背負って、出かける支度をしていた。

「なんだ、もう出かけるのか？」

仁左衛門は不満げに訊いた。

「今日は、あたしが店番を引き受けてるんだよ。お前さん、悪いけど朝飯は佃煮《つくだに》で済ましちゃっておくれ」

「ああ、そうするよ」

なんだか、相手にされていない感じがする。

やっと耳次の世話が楽になってきたかと思ったら、七福堂の二軒目の店のことで大忙しである。

もしかして、自分がかな女とあんなことになったのには、そういう寂しさもあったのではないか。

仁左衛門は急いで朝飯を食べ終え、家を出た。

初秋亭に行く前に、黒江町のかな女のところに立ち寄るつもりである。あの梯子の男はやはり怪しい。初秋亭で頼まれたわけではないが、あの謎は解決したい気がする。それで、かな女を感心させたい。

——惚れちまったかな。

仁左衛門は、永代橋を渡りながら、苦笑した。

もっとも、おさとだって、惚れて嫁にした。なにせ三十も違う。知り合ったときは、まだ二十歳そこそこの娘だった。それを三、四年ものあいだ、口説きに口説いて、ようやくうんと言わせたのだった。

とにかく、おさとは可愛くてたまらなかった。

だが、かな女には可愛いという気持ちはまったくない。かな女は男が言うところの「可愛い女」ではまったくない。

成熟した女の色気や情緒が匂い立つようである。表情に含みがあり、なにを考えているかわからないところもある。謎めいて、危ないところのある女。それに気おくれする男もいるだろう。仁左衛門も、おそらくずっとそういう気持ちだった。いまも、どこかにそういう気持ちはあるのではないか。

――でも、こうなってしまったら、もう駄目だな。

かな女は仁左衛門を縛る気はないと言ったが、逆にこっちが縛りたくなってしまうかもしれない。

黒江町は、いつもの道を左に折れて、永代寺のほうに行く途中にある。が、途中で夏木や藤村に出会ってしまうかもしれないので、永代橋から左に折れ、運河沿いにぐるっと回り道をして、黒江町にやって来た。

師匠は、玄関わきの鉢植えに水をやっていたが、仁左衛門の顔を見て、

「あら」

と、微笑んだ。微笑んだところは、ふつうの女と変わらない。

「あいつのことが気になってな」

「今日も例の稽古《けいこ》やってるわよ」

「どれどれ」

かな女の家に入り、二階に上がった。

なるほど今日もやっていた。

かな女もすぐに上がって来て、

「ほらね、やってるでしょ」

「ああ。やってるけど……」

梯子の中ほどのところに、大きく横にせり出したところがある。そこには、ぶら下がったまま、横から身体を揺するように弾みをつけ、手の力だけで飛びつくようにしないと、移ることはできない。

「あんなとこに、行けっこないだろう」

仁左衛門がそう言った途端、やはりしくじって下に落ちた。

だが、そこは衝撃を和らげるため、藁束《わらたば》を置いてある。

男はすぐに立ち上がり、また、のぼり始めた。

「やっぱり泥棒の稽古としか考えられないな」

と、仁左衛門は言った。

「どういう泥棒なの」

「たぶん、二階にのぼるとき、踏み台にする箇所があんなふうになっているのさ」

「そうか」

「ああやって稽古をしてから本番に望めば、盗みもしくじらずに済むってわけだ」

「さすがに七福堂さん」

かな女はそう言って、頭を仁左衛門の頰にくっつけた。

「なあに」

褒められて、仁左衛門は照れた。

「番屋に報告する？」

「はっきりわかったらな。それより、ここらで二階が狙われて、大金を奪われたとかいう話は出てないかい？」

「さあ。それこそ、番屋に訊《き》いてみたら？」

「そうだな」

「ねえ、その前に」

身体をすり寄せてきた。かな女は、大柄である。背丈は仁左衛門より少し大きいのではないか。しかも、起伏に富み、むっちりと搗《つ》きたての餅《もち》のようにからみつく感じがある。

「朝っぱらからかい？」

「涼しいうちにでしょ」

仁左衛門は急いですだれを下ろした。

それから半刻ほどして——。

仁左衛門は、黒江町の番屋に顔を出した。

なかには七十くらいの町役人と、まだ歳の若い番太郎がいたが、番太郎のほうはいまから道に水を撒《ま》くところだった。

「ちと、妙なことを訊くけどね、ここらで泥棒騒ぎはなかったかい?」

仁左衛門は遠慮がちに声をかけた。

「泥棒騒ぎ?」

町役人は、なにを物騒なことを、という顔をした。

「それも、ふつうの泥棒騒ぎじゃないんだ。二階から入られたりするんだ」

「そんな話はないね」

「そうか」

「旦那《だんな》は黒江町の人?」

いかにもうさん臭そうに仁左衛門を見ながら訊いた。

「いや、あたしは箱崎で七福堂って小間物屋をしてるんだけど」

じっさいは隠居だが、いちいち説明するのは面倒である。

「ああ、七福堂さん」

町役人は大きくうなずいた。

「知ってたかい？」

「娘が箱崎にいるもんで、店の前を通るよ」

「そうかい」

「なんだって、黒江町の心配を？」

「昔の店子《たなこ》に出会って、心配してると言ってたんでね」

「なるほど」

町役人は、身元が分かって安心したらしく、

「いや、泥棒はないんだけど、二階の火つけという騒ぎはあったけどね」

「二階の火つけ？」

「そう。どう見ても、二階の出窓が火元って火事があったんだよ」

「それも変な話だな」

「そうなのさ。よほど身の軽いやつのしわざなのかね」

とすると、あれは泥棒ではなく、火つけの稽古なのか。

だが、ああまでして、なんで高いところに火をつけなければならないのか、わからない話だった。

夕方になった。

一階の縁側で団扇《うちわ》を使っていた夏木が、ふと手を止めて、

「あれ、風が涼しくなっておるぞ」

と、言った。

藤村も縁側に来て、胸元に風を入れるようにして、

「ああ、ほんとだ」

「秋の気配には早いよな」

「今日は七月の……」

「十日（旧暦）だな」

「だったら、秋の気配だろう」

「そうか。いよいよ夏も終わるか」

夏木はやけに感慨深そうにして、

「そうだ、藤村、虎山が置いてってくれたコーフィーを飲んでみるか」

と、立ち上がった。

「夏木さん、淹《い》れられるのかい」

「たいして難しいことじゃない」

豆はすでに煎《い》って、薬研《やげん》で細かくつぶしてある。

だから、木綿の布を使って、漉《こ》すだけである。

夏木は上手に淹れた。

香りを嗅《か》ぎながら一口すすって、

「うまいのう」

と、夏木は言った。

「うん。つまらん爺《じい》さんが淹れたときより、このほうがうまい気がする」

「それは舌になじんできたからだ」

「これは慣れてくると、ものすごくうまい飲みものなのかもな」

「しかも、薬だというのだからな」

「ああ」

藤村は、やけに真剣な目で、茶碗《ちゃわん》のなかの黒い液体を見つめた。

と、そこへ。

「なにか、不思議な匂いがしますね」

康四郎がやって来た。後ろには、岡っ引きの長助もいる。

「おう、康四郎さん。いいところに来た。珍しいものを飲ませてやろう。長助も遠慮するな」

「なんですか？」

「コーフィーというやつだ」

「ああ。南蛮人が飲むやつですね。それはぜひ」

と、上がり口に腰をかけた。

夏木はまだ残っていたコーフィーを、二つの茶碗に分けて入れてやる。少し足りないが、最初に味わうのにはちょうどだろう。

「え、これがコーフィーですか」

「味は苦味が強いけど、香りはいいですね」

若い二人は、意外に気に入ったみたいである。

飲み終えて康四郎は、

「七福堂さんは？」

と、訊いた。

「今日はもう帰った」

と、藤村が言った。

なんでも、息子の嫁のおちさが、木挽町の七福堂のほうが忙しくて、本店の人手が足りず、急遽《きゅうきょ》、仁左衛門が手伝わざるを得なくなったということだった。

「あ、そうですか」

「なにかあったのか？」

「いえね、さっき黒江町の番屋に立ち寄ったんですが、箱崎の七福堂さんがここらの二階に盗人が出てないかと、訊きに来てたそうなんです。それで、初秋亭が泥棒のことでなにか頼まれたのかなと思って」

「仁左が？　いや、頼まれごとはないな」

「あ、そうですか。いや、泥棒のことなら初秋亭じゃなく、番屋に言う話だろうと思ったんでね」

「そりゃそうだ」

「まあ、明日《あした》にでも七福堂さんに訊《き》いてみてください」

康四郎はそう言うと、長助とともに立ち去って行った。

「夏木さん」

藤村は夏木を見た。

「ああ、おかしな話だな」

「黒江町の番屋といったら、かな女師匠の家のすぐそばだぜ」

「あ、そうだな」

「まさか、仁左と師匠ってのないしな」

藤村は疑いもしない。

「では、なぜ隠しているのだ?」

「なんか事情はあるんだろうが」

「ううむ。まさか、それで今日も早く帰ったのか?」

二人は首をかしげるばかりである。

三

翌日——。

いつものように夏木が最初に初秋亭に来て、藤村が半刻ほど遅れてやって来た。

だが、仁左衛門は今日もまだ来ない。いつもなら、夏木よりは遅いが、藤村よりは早い。すでに、真昼近くになっている。

「夏木さん。仁左はどうしたのかね」

「この六、七日はずっとだ。こんなことはいままでなかったな」

「なかったよ」

「黒江町に行ってみるか？」

「師匠の家に？」

「ここへ来る前に寄って来るのかもしれぬぞ」

「見に行くか」

二人は半信半疑で確かめに行くことにした。

「まさか、二人が付き合っているなんてことは……夏木さん、どう思う？」

道々、藤村が訊いた。

「うむ。考えにくいわな」

「だよな。仁左と師匠だぜ。二人並べてみても、あんなにしっくり来ない男女はいねえと思うぜ。犬と猫の夫婦のほうがまだしっくりくる」

「だが、付き合ってはいないが、仁左のほうが勝手に岡惚《おかぼ》れして、付きまとっているのかもしれぬ」

「そうか、それがあるか」

と、藤村は手を叩《たた》いた。

「だいたい、あの師匠には、男を惑わすような魅力があるのは確かだろう」

じっさい藤村は、危ないところだったのだ。

夏木だって、初めてかな女に会ったときは、あまりの美貌《びぼう》に驚いたほどだった。ただ、性格を知るにつれ、美貌の裏にある独特の気難しさや危なっかしさ、突拍子のなさや面倒臭さなどを感じ取り、いまはすっかり冷めた目で眺めるようになった。

「仁左はいまごろになって、魅力に気づいたのかな？」

夏木は首をひねった。

「どうだろうな」

「どこか一点、ぴたっと合えば、あとは成り行き次第というところもあるな」

「なるほど。そういうのは、専門家じゃねえとわからねえな」

「なんの専門家だ」

「色ごとの」

「おいおい。だが、わしが思うに、師匠は最初に付き合った男が、いちばん合っていたのかもしれぬな」

「あの役者の」

「そう。岩井五之助とかいったな。だいたい十年も付き合ったんだろう。あの男と別れて、心がさまよい出したのさ。そういうときは、本来、合うはずのない男と、どうにかなってもおかしくはない」

「それってまずいだろうよ」

そんなことをいいながら、黒江町の町並みに入ったところで、

——ん？

夏木がふと、足を止めた。

「どうしたい？」

「そこ」

顎《あご》をしゃくった先は横道である。そこに十歳前後の子どもが四人、立っていた。というより、一人を三人が取り囲むようにしている。

三人のうちの一人が、真ん中にいた一人に向かって拳《こぶし》をふるった。拳は頬に当たって、顔がのけぞり、倒れそうになった。それを別のやつが支え、また殴ったやつのほうに押し出そうとした。

「こら、なにをしている！」

怒鳴りながら、夏木はすでに歩き出している。藤村は、二人で行くほどではないと、立ったままようすを見ることにした。

「あ」

三人はいっせいに夏木を見た。

「弱い者苛《いじ》めをしてはいかん！」

「弱い者苛めじゃないわい」

さっき手を出した子どもが言った。

「じゃあ、なんだ？」

「汚い者苛めだい」

「なお悪い。馬鹿者！」

夏木の権幕に、三人は逃げた。そのうちの、拳を振るった子どもは、通りの向かいの〈川島屋《かわしまや》〉と看板を掲げた大きな米問屋のなかに逃げ込んで行った。

「この店の倅《せがれ》か」

もう少し説教でもしたかったが、わざわざ呼び出すほどでもない。

振り返ると、苛められた子どもはいなくなっていた。

ここからかな女の家はすぐである。

「おっと、夏木さん」

藤村は、別の家の陰に身を寄せた。

「うむ。師匠はいるな」

夏木も隠れた。

二階の窓辺にかな女が腰をかけ、手すりにもたれながら団扇《うちわ》を使っていた。ぼんやり外の景色を見ているらしい。日差しは家の裏手に入っていて、窓辺は日陰になっている。

しばらく眺めてから、

「仁左はいないようだな？」

「ああ、いないね。よかったぜ。いたらどうしようと思った」

藤村は、苦笑いして言った。

「明日《あした》は、句会だな」

「そうだ。そのとき、二人がどういう顔をするかで、見当がつくかね。仁左が片思いをしているかとか、師匠が迷惑がっているとか」

「うむ。たぶんわかる。仁左なんかとくに顔に出やすいし、女もどうしたって顔に出る。見ものだな」

夏木は見破る自信がある。

その仁左衛門だが——。

今日は朝から、梯子《はしご》の男について探っていた。

あの梯子のかたちと似ているところが、どこかにあるのだ。火つけかもしれない。

だが、泥棒の線も消えたわけではない。

——どこだろう？

仁左衛門は見て回った。黒江町だけでなく、隣の蛤町まで足を延ばした。

あの高さは二階どころではない。二階の屋根くらいの高さはゆうにあった。

——蔵の屋根か。

豪商の蔵の、屋根でも破る気ではないか。

近所の蔵を見て回ることにした。

だが、蔵はたいがい、装飾も出っ張りなども少ない造りで、手をかけられるところなどほとんどない。

やっぱり違うのか。

通りにもどって来たとき、ふとのぞいた店のなかに、

——あいつだ。

梯子の男がいた。

そこは、ざる屋というか、竹細工の品をつくって売っている店だった。男二人が店の前でざるをつくっている。五十代くらいの小柄な男があるじらしい。例の若い男は、顔が似ているので息子ではないか。

しかも、この店の裏手には、大きなケヤキの木があり、お稲荷さんの祠《ほこら》もある。そこは、ちょうどかな女の家の二階から見えるところだった。

やがて、若い男が立ち上がった。

「玄吉《げんきち》、もう届けに行くのか？」

あるじらしきほうが声をかけた。

「違うよ。ちょっと、茂太《しげた》に話があるんだ」

やりとりから察するに、やはり親子らしい。

玄吉は店を出ると、かな女の家のある通りに出て、その前を通り過ぎると、番屋にやって来た。

「おい、茂太」

玄吉が外から声をかけると、番太郎が出て来た。昨日もいた若い番太郎だった。

二人は少しだけいっしょに歩き、掘割に架かった小さな橋の上で立ち止まった。なにか話している。

番太郎は俯《うつむ》いて元気がなく、どうも玄吉のほうが慰めているらしい。

なんとか話を聞こうと、仁左衛門はさりげなく近づいた。橋のたもとで釣り糸を垂らしている男がいたので、その釣りを見るふりをして耳を澄ます。

「だから、それはおれがやってやるよ」

と、玄吉の声。

「馬鹿言え。おれの仕事だ。他人になんかやってもらってちゃ、番太郎が務まるか」

茂太が言った。

「ずっとやるって言ってるわけじゃねえ。おめえが怖くないって思えるときまでだ」

「怖くないって思える？」

「ああ、慣れだよ、慣れ」

「なに言ってんだ。おいらはなまじ火消しだったから、こんなふうになっちまったんじゃねえか。おめえは、頭の上が燃え盛る怖さを味わったことなんかねえだろうが」

「それはないけどさ」

「梯子をかけてのぼって行ったら、すぐ頭の上が燃え盛ってるんだ。降りようったって降りられねえ。動けなくなって、そんでおれは、火消しもやめる破目になった」

「つらいのはわかるよ」

「番太郎の仕事につけてくれたおめえには感謝してるさ」

「そんなことはいいよ」

「だが、それ以上のことは、なにもしてくれるな。今度こそ、うまくやってみせるって」

「そうか」

それで話は終わった。

そこまで聞いて、仁左衛門は玄吉の稽古《けいこ》の理由がわかった気がした。

友だちの茂太は、火消しをしていたが、そのときに味わった恐怖で、火の見やぐらにのぼるとき、途中で足がすくんでしまうのだろう。そのため、仕事を紹介した玄吉は、半鐘を鳴らすのだけは代わってやってやると言っているが、茂太はそれを嫌がっている。

そこで、梯子を使わずに、そのわきから火の見やぐらの上にのぼり、途中で固まっている茂太の代わりに半鐘を鳴らそうというのだろう。

そのわきの足場を再現したのがあの梯子なのだ。泥棒の稽古でも火つけの稽古でもない。友情の物語が潜んでいたのだった。

四

黒江町から引き揚げようとしたが、

「飯でも食って行くか」

と、夏木が立ち止まった。

「そうか。もう昼飯どきだ」

初秋亭で飯を炊くこともあるが、腐敗しやすい時季は、ほとんど外食になる。

「たまには別の店で食うのもいい。いつも、近所の飯屋だからな」

「そこにうどん屋があるんだ」

藤村は三軒ほど先を指差した。

たいがいそばで、うどんはほとんど食わない。

「京風と書いてあるぞ」

「薄味なんだ。だが、ネギと揚げがたっぷり載ってて、たまに食うとうまいもんだぜ」

藤村は、本所深川回りだったから、こういう店はたいがい知っている。

「ああ、そうしよう」

と、のれんを分けた。

注文すると、そう待たせずに京風うどんが出てきた。

夏木も一口すすって、気に入ったらしく、一心不乱に食べた。暑いときに熱いうどんだから、食べ終えたときには、二人とも汗だくである。

その汗を拭《ふ》きながら、藤村は、

「夏木さん、あれだろう、新之助さんに町奉行の話が出てるんだろう？」

迷ったのだが、訊《き》いてみた。

「どこかから聞いたのか？」

「いや、なんとなくわかったんだよ」

「うむ。じつはそうなんだ。まだ、確定はしておらぬがな」

「それで、康四郎から聞いたんだが、黒旗英蔵がまだ諦《あきら》めていねえらしいぜ」

康四郎がそれを歓迎するふうだったことは、もちろん言わない。

「それも聞いておる」

「援護しようか？」

と、藤村は遠慮がちに言った。

「このあいだの件だって、もっと噂をばらまくことだってできるぜ」

「援護？　どうやって？」

「あんなことは、たいしたことではない」

「町娘を騙《だま》すようにして女中にしたって」

「それくらいで幕閣の連中が義憤にかられると思うか？」

「そうかあ」

そんなのは、幕閣に加わるような偉い連中は、皆、やってることなのだろう。

夏木は少しためらったような顔をしてから、

「わしの倅《せがれ》だからひいき目もあるだろうが、新之助は子どものころから、わしと違って真面目で清廉で、学問もよくできた。町奉行になったとしても、民を落胆させるような仕事はせんだろうと思っている」

「おいらもそう思うよ」

「だが、ああした仕事には、なんというか、懐の深さというか、したたかさというか、いわば優等生にはない資質が必要なんだと思う。新之助は、そこらは欠如している。だから、わしとしては、別にならなくてもいいという気持ちも、正直あるのだ」

「そりゃあ若いからだよ。四、五年もやるうち、そこらは身について来るんじゃねえのかい。おいらはそれより、黒旗のやつは、なんとなく嫌なんだよなあ」

「どこが？」

「締めつけてくるぜ。いろいろと。すると窮屈な世の中になる。おいらたちみてえに、だらしのねえ人間は住みにくくなる。あいつは、たぶんそういうやつだぜ」

藤村の勘でしかない。

だが、口にして、藤村は自分の予想が当たる気がした。


うどん屋を出て、二人は歩き出した。

「汗をかいたおかげで、逆にさっぱりした気がするな」

「そういうもんだよ」

「ん？」

夏木が先に足を止めた。

つられて藤村も足を止め、夏木の視線を追った。

さっきの苛《いじ》めた子どもが逃げ込んだ川島屋という米問屋の路地である。そこに苛められたほうの子どもがいて、火のついた炭を縄でくるむと、二、三度振り回し、二階の出窓に投げ込んだのだ。

「夏木さん」

「うむ。火つけだ。仕返しだろうな」

「そういえば、熊井町の番屋で、こっちのほうで二階に火をつけたのがいるとか話してたぜ」

「それもあいつか」

「火つけはまずいな」

藤村は唸《うな》った。

「子どもでも厳罰か？」

つまり、獄門かと訊いたのである。

「いや、さすがに奉行所もそこまではしない。だが、親はひどいことになる」

同心のころ、火つけは何人か捕まえている。

火事騒ぎが見たいだけのふざけた火つけもあれば、恨みの末の、弱者の復讐《ふくしゅう》もある。火事にだってそれぞれ裏側に意外な物語が潜んでいる。炎の色は、ひとつずつ違う。

「とりあえず、わしは騒いで、まず火が広がらないようにする。藤村は、あの子を向こうに連れてってくれ」

「わかった」

「火事だ、火事だぞ！」

夏木は大声を上げた。


玄吉と茂太が橋のほうから番屋のあたりまでもどって来たとき、

「火事だ、火事だぞ」

という声が聞こえきた。

「火事だって？　どこだ？」

茂太は周囲を見回した。通りにはほかにも不安げに立ち止まった者が何人かいる。

煙は見えないが、声は近い。

「ここが火元だ」

とも叫んでいる。

「おい、茂太」

「わかってるよ」

茂太は怒ったように言い、番屋の隣にある火の見やぐらに駆け寄って、梯子《はしご》にしがみついた。半鐘を鳴らして知らさなければならない。

「焦るな。落ち着いてな」

玄吉が声をかけた。

「わかってるってば」

勢いよくのぼって行く。火消しをしていただけあって、軽い足取りである。

ところが、途中で足が止まった。

「頑張れ、茂太」

急に固まったみたいに動かなくなっている。下から見ても、震えているのがわかる。

「やっぱり駄目か」

玄吉は、番屋の裏に回った。

置いてあった樽《たる》に足をかけ、身体を持ち上げ、立てかけた板のところに次の足をかける。屋根に手をかけて、足を隣の家の庇《ひさし》に伸ばす。そこから、踏ん張って、屋根まで上がる。だが、火の見やぐらの半鐘があるところまではまだまだである。

ここから、ケヤキの木の枝に飛びついた。枝伝いにさらにのぼる。二階の屋根くらいの高さまで来て、難所にさしかかった。枝から火の見やぐらの梯子まで、腕の力だけで跳ばなければならない。そこは、茂太がいるさらに上で、半鐘のあるところまではもう数段しかない。

あの梯子で何度も稽古《けいこ》をしたが、成功するのは三回に一回だった。

身体を揺すり、はずみをつけて、腕の力だけで跳んだ。

「あ」

手が滑った。玄吉は、墜落し、地面に横向きに叩《たた》きつけられた。


「火事だ、水を持って来い！」

夏木はまだ騒いでいる。

表から店の手代たちがやって来た。

「どこです？」

「そこだ、そこだ」

「ほんとだ。大変だ」

表にもどって、店の者に知らせた。

火は窓全体に燃え広がり、庇《ひさし》がぱっと炎に包まれた。

そのとき、部屋のなかから水がかけられた。何人もの手代たちが、手桶《ておけ》に入れてきた水をかわるがわるかけた。

ようやく火は収まった。

「ふう」

夏木も安堵《あんど》のため息をついた。

町役人らしきものがそばに来ていて、

「火つけでしたか？」

と、訊《き》いた。

「ああ。火のついたやつを放り投げたみたいだったな」

「どんなやつでした？」

「顔はよく見えなかった。若旦那《わかだんな》みたいななりをした男が向こうに逃げて行ったよ」

夏木は、曖昧《あいまい》なことを言った。


茂太のすぐわきを、玄吉が落ちて行ったのは、もちろんわかった。地面に叩きつけられる音が、胸の奥まで響いた。

「玄吉。大丈夫か？」

下に向かって訊いた。だが、返事はない。

「糞《くそ》っ、やるしかねえ」

茂太は目をつむり、大きく呼吸し、次の段に手を伸ばした。下は見ないように、ただ上の半鐘だけを見て、一段、また一段……拝むようにのぼった。

ついに辿《たど》りついた。

「火事だ、火事だ」

すぐ近くである。半鐘を擦《こす》るように打ち鳴らした。

近くにいた仁左衛門が駆けつけてきたのはそのときだった。

上では半鐘が鳴っている。

下に、玄吉が倒れていた。

仁左衛門はすぐに、なにが起きたかを察知した。おそらく途中でのぼれなくなった茂太のかわりに半鐘を鳴らすため、わき道みたいなところからのぼろうとして落ちた。だが、それを見た茂太は勇を奮って、ついに半鐘を鳴らすことに成功した。

そういうことだろう。

「おい、しっかりしろ」

玄吉に声をかけた。

だが、苦しそうに呻《うめ》くばかりである。気を失っているわけではないらしい。

「どうした？　大丈夫か？」

仁左衛門の後ろで声がした。

見ると、富沢虎山がいた。

「虎山さん」

「おう、七福堂じゃないか。どうしたんだ？」

どうやら、たまたま通りかかったところらしい。

「この男があの上から落ちたんです」

「ずいぶんな高さだな」

「このあたりに医者か骨接ぎはいないかい？」

虎山は答えずに、玄吉の身体を確かめた。

「頭は打ってないみたいだな。左から落ちたのか？」

玄吉はかすかにうなずいた。

「虎山さん。あっしは医者を呼んで来るよ」

「呼ばなくていい」

と、虎山は言った。

「なんでだい？」

「わしは医者だ」

「え？」

「もう、やる気はなくなっているがな」

「そうだったの」

虎山は、玄吉を座らせ、左の腕を何度か撫《な》でたりしてから、その腕を強く引っ張った。

「ううっ」

玄吉は顔を歪《ゆが》めた。

「我慢しろ。折れているが、面倒な骨折ではない。七福堂、そこの棒を取ってくれ」

虎山は道端の棒を指差した。

「これかい」

それを腕に当て、持っていた手ぬぐいを巻きつけた。

「これは応急の処置だ。こんなふうに当て木をして、さらしでもぐるぐる巻いておくことだ。若いから、ひと月くらいで元通りになるだろう。そのあいだ、毎日、イワシでも丸ごと食うことだ」

虎山はそう言って立ち上がった。

「驚いたね。虎山さんが医者だったとは」

「じゃあな」

虎山は不機嫌そうに背を向けた。

夏木と藤村は、火つけをした子どもといっしょに、近くの掘割のそばにいた。

「あんなところで花火なんかやっちゃいかんな」

と、夏木が言った。

「…………」

子どもは驚いたように、夏木を見た。

「花火は河原とか浜辺とか危なくないところでやるもんだ。わかったな」

「…………」

無言でうなずいた。

「名前はなんていうんだ？」

藤村が訊いた。

「金太《きんた》だよ」

「金太はいくつだ？」

「九つだ」

「苛《いじ》められた仕返しだったんだろう」

「うん」

「苛められねえように、強くなってみたらどうだ？」

「どうやって？」

「おいらが剣術を教えてやる」

藤村はそう言って、さしている刀を叩《たた》いた。

「刀なんか持ってないし、買えっこねえ」

「刀なんかなくても剣術はできる」

「嘘だ」

「嘘じゃねえ。手刀を使う。こうやってな」

藤村は手刀を振るった。それは、いかにも威力がありそうだった。

「おいら、銭はねえよ」

「銭？」

「習うのに、銭要るんだろ？」

「銭なんか要らねえよ。おめえは見どころがありそうだから、教えるんだ。そのかわり、もう二度と、火をつけようなんてしねえと約束しろ」

「わかった」

金太がうなずくと、藤村は小さな頭を抱えるようにして撫でてやった。


――久しぶりに治療などしてしまった。

富沢虎山は歩きながら、腹立たしい気分だった。

医者はもうやめようと決意し、じっさいやめたはずだった。

虎山が医者をやめた理由。それは自分でもうまく説明するのが難しいかもしれない。

いまから二十年ほど前。四十半ばの虎山は、自信満々の医者だった。じっさい、将軍の脈を取る御典医の一人でもあった。

長崎にシーボルトという名医が来ているという噂を聞いても、蘭方医などなにするものぞという気持ちだった。

身分を隠し、長崎に見に行ったのは、ひやかし半分だった。

ところが、シーボルトの施術を見て、驚愕《きようがく》した。遥《はる》かに進んだ医術だけでなく、新米の弟子にも、すべて隠さず、持っている医術のすべてを伝えようとする態度。

それは、日本の徒弟制度に近い医学の伝授とは正反対のものだった。さらに患者に対する態度。偉ぶったようすは微塵《みじん》もなく、患者の苦しみに寄り添おうとした。

虎山は打ちのめされた。これが医者だろうとも思った。

遅ればせながら弟子の一人に加えてもらい、昼夜を惜しまず、シーボルトの医術を学んだ。蘭語まで学んだ。

しかし、シーボルトの医術をもってしても、まだまだ治せない病がほとんどであることを思い知った。医術に対する無力感だった。かつてであれば、そんなことは思いもしなかった。治らないのは寿命と、患者にも言い、自分も納得した。

逆に、深い悩みを抱えて江戸にもどった虎山だったが、そこへさらに追い打ちをかけるように、シーボルト事件が起きた。シーボルトは帰国の際に、持ち出しを禁じられている日本の地図を荷物に入れていたのだという。

シーボルトと、その弟子に対する幕府の目が、にわかに厳しくなった。シーボルトのもとで学んだ者の素性についても、一人ずつ調べ始めたとのことだった。御典医を辞退し、身分を偽った虎山である。もし、見つかることになれば、身の破滅は必至だった。

長崎から逃げて来た若い医者がいた。かくまってくれと頼まれたが、断わったこともあった。もう医術とは縁を切りたかったのだ。医者の看板は下ろし、日本橋石《こく》町《ちょう》の家も売り払って、深川に隠遁《いんとん》した。巷の物好きに蘭学でも教えながら、ひっそりと生きていくつもりだった。家族は持たずに生きてきたので、そこは身軽なものだった。

医術への無力感。信念を貫くことができない自分への嫌悪感。さらに、幕府への恐怖。それらがないまぜとなって、ほとほと医者が嫌になったのだった。

そのかわりにやってきたのがつまらん病だった。

つまらん病などと、笑いごとみたいに言われるが、当人にとってはじつはかなり深刻なものだった。

無欲にもほどがあるのだ。

ときとしてそれは、生きる意欲さえ、無くしてしまうほどだった。

「つまらんところだな、この世ってとこは」

虎山は、ため息とともに言った。

五

この日は夕方から句会だった。

即席で幾つでもつくれる仁左衛門はともかく、夏木と藤村は心づもりがいるので、朝から先人の句集を読んだり、題を想定したりする。今日も、初秋亭に来てすぐそんなことをしていると、

「ごめんください」

と、女の声がした。

見ると、玄関に師匠の入江かな女がいた。

「おう、師匠」

「夏木さま。今日は、永代橋の上で句会をする予定でしたが」

「ああ、そのつもりだよ」

夏木はうなずいた。

「なんだか雲行きが怪しいんです」

かな女は、少し苛立ったような顔をして言った。

「そうかい？」

夏木は後ろを見た。

縁側に藤村が座っていて、空を見、

「よく晴れてるがね」

　と、言った。

「でも、あたし、今日は朝から耳の奥がジーンと鳴ってるんです」

「そりゃあ、耳鳴りだ。わしもよくあるよ」

「ええ。でも、あたしの場合、こういう耳鳴りがするときって、急に天気が崩れるんです。おそらく今日は、昼過ぎくらいからひどい雨になる気がします」

「ほう」

　夏木はにやりとした。

「あら、夏木さま。信じてない」

「いや、信じてなくはない。ただ、師匠の思い込みの仕方がなんとなく面白く感じたのでな」

「当人にしたら、それほど面白くはないんですよ」

「なるほど。それで？」

　と、夏木は訊《き》いた。なんだか話が逸《そ》れた気がする。

「ええ、それでね、今日の句会はこの初秋亭をお借りできないかと思って伺ったんです」

「ここで句会を？」

夏木は意外そうに訊いた。

「二階の景色も素晴らしいんでしょ」

「それはもう、自慢の景色だ。ああ、かまわないよ。いままでここで句会をやらなかったのが不思議なくらいだ。遠慮なく、使ってくれ。そのあとの、飲み会もここでやるなら、海の牙と、そっちのそば屋あたりに出前も手配しておくが」

「まあ、そこまでしていただけますか」

「仁左がまだ来ておらぬが、あいつも反対することなどないだろうし」

「そうですか。助かりました」

かな女はそう言って、ほかの弟子に連絡するため、足早にいなくなった。

仁左衛門がやって来たのは、それからまもなくである。

「おう、仁左。師匠とそこで出会わなかったか？」

と、夏木が訊いた。

「いや、会わなかったよ。どうして？」

「ほんとに出会わなかったか？」

「なに、言ってんだい、夏木さま。あっしは、家からまっすぐ、永代橋を渡ってここに来たところだよ」

「そうか。いや、さっき師匠が来て、今日は天候が急に変わって雨になりそうなので、句会をこの初秋亭でやらせてもらえないかというのさ」

「へえ、ここでねえ」

「もちろんかまわないと返事したよ」

「ああ、あっしもかまわないよ」

「ほんとに会わなかったか？」

夏木はまた訊いた。

「なに言ってんだよ」

「そうか。わしはなんとなく、師匠が雨が降りそうだと仁左に相談したら、仁左がここでやればいいと言ったような気がしたのでな」

「考え過ぎだよ、夏木さまは」

仁左衛門はそう言って、二階に上がって行った。

その足音を確かめてから、

「夏木さん。珍しくしつこかったね」

と、藤村は小声で言った。

「そうか。ただ、仁左が心配になったもんでな」

「なにが心配なんだい？」

「さっき師匠が来たとき、ふと思ったのさ。あの女は、悪い人間ではないが、気持ちが安定していないというか、なんか危なっかしいところがある。そのうえ、あの通りの美貌《びぼう》だから、どうしたって男を巻き込んでしまう。そうすると、かならず面倒なことになるだろう」

「それに仁左が？」

「ああ。仁左だって男だ。すると、おさとが泣くことになる。わしは、赤ん坊を抱えた若い母親が泣くところは、見たくないぞ」

「それはおいらも見たくないね。でも、師匠と仁左はないんじゃないのかねえ」

藤村は首をかしげた。


二階に上がった仁左衛門は、大きくため息をついた。

――夏木さまは、なぜ、あんなことを言ったんだろう。

本当のところ夏木が言ったとおりだった。

今日も、初秋亭の前にかな女の家に寄った。そこでかな女は耳の不調を訴え、昼過ぎからぜったい雷が鳴り響くようなひどい雨になるというので、だったら初秋亭を会場にしたらいいと勧めたのだった。

まさか、かな女がその成り行きまで告げているはずはないから、あれは夏木独特の勘働きだったのだろう。

――でも、それにしては咎《とが》めるような口調だったのはなぜなのか？

もしかしたら、夏木はかな女に思いをかけているのだろうか。だから、自分とかな女のことに文句をつけようとしているのか。

仁左衛門は、初めて夏木に対して不満を覚えていることに気づき、自分でも驚いていた。

かな女が予想したとおり、昼過ぎというか、夕方近くなってから見る見るうちに空が翳《かげ》り出し、凄《すさ》まじい雷とともに、景色が薄れるくらいの雨が降ってきた。カリカリ、バリバリと空を引き裂くような音が、絶え間なくつづき、音は地響きさえ立てるほどだった。深川や、対岸の霊岸島あたりにも、かなりの雷が落ちたはずだった。

それからも雨は降りつづいたが、雷の音が遠ざかったころ、師匠のかな女と、いつもの弟子たちが、初秋亭にやって来た。

「さあ、どうぞ。とりあえず、二階に上がってください」

仁左衛門が案内役のようになって、全員を二階に上げた。

かな女もここの二階は初めてで、

「まあ」

と、景色に息を呑《の》んだ。

雨はだいぶ小やみになっていて、永代橋から佃島《つくだじま》までが巻物に描かれた景色のように眺め渡すことができる。

「晴れた日には富士も拝めますぞ」

と、夏木は自慢げに言った。

「でしょうね」

「発句には雄大過ぎるかな」

この言葉に、かな女はぐっと胸を反らし、

「いいえ、雄大過ぎるなんてことはありません。五七五の十七文字は、どんなものでも受け止めることができるのですから」

と言った。

「それは失礼」

「今日のお題を発表します」

かな女は弟子たちを見回した。

藤村は、今日こそは、夕立やにわか雨、あるいは雷などの天候を題材にするだろうと期待していた。まさか、初秋亭に来てまで、このところつづいている変な題材は持ち出さないだろうと。

「今日の題は、揺らぎにします」

「揺らぎ？」

夏木の声が裏返った。

藤村が指先で頭をかいた。

「はい。心の揺らぎを感じながら、うまく句にしてみてください。もちろん、季語を忘れてはいけませんよ」

「揺らぎねえ」

戸惑ったような声も上がったが、お題が変わることはない。

初秋亭の三人も、ばらばらになって句作にふけった。

夏木は一階に下り、庭を見ながらつくった。

藤村は傘を差し、庭から土手に上がり、そっちから初秋亭を見たりした。二階には仁左衛門の顔が見える。今日も、なんの苦労もなく、次々に浮かぶ句を書き留めているみたいだった。

四半刻（三十分）後——。

提出した三人の句はこんなものだった。

雷鳴や家族の無事は祈るだけ　恋堂《れんどう》（夏木）
秋風に命の芯《しん》が揺れたよう　童心《どうしん》（藤村）
揺らめいていまだ夏日のさなかかな　七福堂（仁左衛門）

今日の句会では、どの句もあまり褒められなかった。だが、三人は互いに、それぞれの句に込めた思いに深く想像をめぐらしたのだった。

本書は書き下ろしです。

金《きん》魚《ぎょ》の縁《えにし》

新《しん》・大江戸《おおえど》定年組《ていねんぐみ》

風野真知雄《かぜのまちお》

令和3年 9月25日　初版発行
令和6年 12月10日　3版発行

発行者●山下直久

発行●株式会社KADOKAWA
〒102-8177　東京都千代田区富士見2-13-3
電話　0570-002-301（ナビダイヤル）

角川文庫 22835

印刷所●株式会社KADOKAWA
製本所●株式会社KADOKAWA

表紙画●和田三造

ISBN 978-4-04-111440-7　C0193

◆◇◇

角川文庫発刊に際して

角川源義

　第二次世界大戦の敗北は、軍事力の敗北であった以上に、私たちの若い文化力の敗退であった。私たちの文化が戦争に対して如何に無力であり、単なるあだ花に過ぎなかったかを、私たちは身を以て体験し痛感した。西洋近代文化の摂取にとって、明治以後八十年の歳月は決して短かすぎたとは言えない。にもかかわらず、近代文化の伝統を確立し、自由な批判と柔軟な良識に富む文化層として自らを形成することに私たちは失敗して来た。そしてこれは、各層への文化の普及滲透を任務とする出版人の責任でもあった。
　一九四五年以来、私たちは再び振出しに戻り、第一歩から踏み出すことを余儀なくされた。これは大きな不幸ではあるが、反面、これまでの混沌・未熟・歪曲の中にあった我が国の文化に秩序と確たる基礎を齎らすためには絶好の機会でもある。角川書店は、このような祖国の文化的危機にあたり、微力をも顧みず再建の礎石たるべき抱負と決意とをもって出発したが、ここに創立以来の念願を果すべく角川文庫を発刊する。これまで刊行されたあらゆる全集叢書文庫類の長所と短所とを検討し、古今東西の不朽の典籍を、良心的編集のもとに、廉価に、そして書架にふさわしい美本として、多くのひとびとに提供しようとする。しかし私たちは徒らに百科全書的な知識のジレッタントを作ることを目的とせず、あくまで祖国の文化に秩序と再建への道を示し、この文庫を角川書店の栄ある事業として、今後永久に継続発展せしめ、学芸と教養との殿堂として大成せんことを期したい。多くの読書子の愛情ある忠言と支持とによって、この希望と抱負とを完遂せしめられんことを願う。

一九四九年五月三日

角川文庫ベストセラー

鳥の子守唄
姫は、三十一5
風野真知雄

運命のひと
姫は、三十一6
風野真知雄

月に願いを
姫は、三十一7
風野真知雄

西郷盗撮
剣豪写真師・志村悠之介
風野真知雄

鹿鳴館盗撮
剣豪写真師・志村悠之介
風野真知雄

謎解き屋を始めた、モテ期の姫さま静湖姫。今度の依頼人は、なんと「大鷲にさらわれた」という男。一方、〝渡り鳥貿易〟で異国との交流を図る松浦静山の屋敷に、謎の手紙をくくりつけたカッコウが現れ……。

〈謎解き屋〉を開業中の静湖姫にまた奇妙な依頼が。長屋に住む八世帯が一夜で入れ替わった謎を解いてくれというのだ。背後に大事件の気配を感じ、姫は張り切って謎に挑む。一方、恋の行方にも大きな転機が⁉

静湖姫は、独り身のままもうすぐ32歳。そんな折、ある藩の江戸上屋敷で藩士100人近くの死体が見付かる。調査に乗り出した静湖が辿り着いた意外な真相とは？　そして静湖の運命の人とは⁉　衝撃の完結巻！

元幕臣で北辰一刀流の達人の写真師・志村悠之介は、ある日「西郷隆盛の顔を撮れ」との密命を受ける。鹿児島に潜入し西郷に接近するが、美しい女写真師、人斬り半次郎ら、一筋縄ではいかぬ者たちが現れ……。

写真師で元幕臣の志村悠之介は、幼なじみの百合子と再会する。彼女は子爵の夫人となり鹿鳴館の華といわれていた。逢瀬を重ねる2人は鹿鳴館と外交にまつわる陰謀に巻き込まれ……大好評〝盗撮〟シリーズ！

角川文庫ベストセラー

ニコライ盗撮
剣豪写真師・志村悠之介
風野真知雄

来日中のロシア皇太子が襲われるという事件が勃発。襲撃現場を目撃した北辰一刀流の達人にして写真師の志村悠之介は事件の真相を追うが……日本中を震撼させた大津事件の謎に挑む、長編時代小説。

妖かし斬り
四十郎化け物始末1
風野真知雄

烏につきまとわれているため〝からす四十郎〟と綽名される浪人・月村四十郎。ある日病気の妻の薬を買うため、用心棒仲間も嫌がる化け物退治を引き受ける。油問屋に巨大な人魂が出るというのだが……。

百鬼斬り
四十郎化け物始末2
風野真知雄

借金返済のため、いやいやながらも化け物退治を引き受けるうちに有名になってしまった浪人・月村四十郎。ある日そば屋に毎夜現れる閻魔を退治してほしいとの依頼が……人気著者が放つ、シリーズ第2弾！

幻魔斬り
四十郎化け物始末3
風野真知雄

礼金のよい化け物退治をこなしても、いっこうに借金の減らない四十郎。その四十郎にまた新たな化け物退治の依頼が舞い込んだ。医院の入院患者が、一夜にして骸骨になったというのだ。四十郎の運命やいかに！

猫鳴小路のおそろし屋
風野真知雄

江戸は新両替町にひっそりと佇む骨董商〈おそろし屋〉。光圀公の杖は四両二分……店主・お縁が売る古い品には、歴史の裏の驚愕の事件譚や、ぞっとする話がついてくる。この店にもある秘密があって……？